Arsène Lupin 亞森・羅蘋冒險系列 19

La Cagliostro se venge

魔女的復仇

莫里斯・盧布朗／著
施程輝／譯

好讀出版

復仇的不一定是魔女

推理評論名家　景翔

每一個系列小說作者遲早都會碰到作品有模式化危險的問題，一般來說，系列小說之所以受到讀者的歡迎，主要的原因在於對主角的認同。讀者喜歡主角的相貌、性格、言行舉止、行事風格，甚至習慣性的小動作或口頭禪。作者也很自然地一再反覆使用這些來迎合讀者，得到雙贏的結果。這其實是一種常見而無可厚非的做法，問題在於「反覆」的次數多了，很有可能出現「重複」的情形，而即使只是類似的橋段或情節走向，也不免讓人擔心會有模式化的問題。因此系列小說作者最大的課題就是如何同中求異，讓每一本新的作品都能同時在讀者心目中保有熟悉感和新鮮感。

在這方面，莫里斯・盧布朗可說是箇中高手，他以亞森・羅蘋爲主角的系列小說始終維持著冒險小說的風格，但是儘管大多數都給人明亮歡樂的感覺，卻也有氣氛陰暗或相當血腥殘酷的場面；主角亞森・羅蘋的性格鮮明，躍然紙上，他雖然大多數情況下都能站在主導的地位，卻也有被逼入

絕境而必須奮力求取逆轉勝的情形，又或許事出突然而必須且戰且走，見招拆招來爭取勝利。他雖然風流倜儻，但在情場上卻也不是無往不利。像這樣不斷有所變化，便能始終讓讀者有新的驚喜。

在《魔女的復仇》裡，莫里斯．盧布朗首先讓亞森．羅蘋寫了篇序言，以夫子自道的方式做了一番自嘲的聲明，爲他可能有的模式化危險的問題先行解套。但更重要的是要說明那個與亞森．羅蘋有愛恨糾葛的魔女是什麼人，而且如書名一般預告了一件「在這個籠罩在她陰影下，被重重黑暗包圍，愛恨交雜的悲慘復仇故事」。

其實在《魔女的復仇》一書中，一共有三個女子復仇的故事。除了亞森．羅蘋在序言中所提到的那位之外，其餘兩人雖然都有復仇的行爲，但無論是從動機或做法來看，都不能以「魔女」稱之。反而是非常令人同情的。

本書中亞森．羅蘋雖然積極參與調查，也親身涉入其中，甚至還主導了部分事件的發展。但可能是因爲在某些事上陷入太深，沒有能完全掌握事態的眞相，是難得的失誤。但就當時的情勢來看，卻是情有可原，畢竟牽扯到親情的事，任何人都無法淡然處之吧。

至於在序言中所談到的「魔女的復仇」，其手段之惡毒，居心之卑劣，令人爲之髮指。究竟是否成功，書中始終並無定論，或許有人認爲作者是刻意留下這條線以供將來發展；但我個人卻覺得作者是在強調儘管後天的環境可能對一個人產生很大的影響，基本的善良人性還是可以戰勝一切的。

contents 目錄

Prologue 亞森・羅蘋的前言

在此，我想指出的是，儘管那位熱中於記錄我的冒險事件的傳記作家，貼切並眞實地描述了它們，但我對他的描寫還是有些意見。

爲了迎合大眾口味，他用了無數種方法改寫眞實的歷險。總讓我呈現出最優秀的一面，並且執著地突顯我，把我放在鏡頭前，但這也許並不是最好的方式。我並不願意生命中許多爲形勢所迫、被對手擊敗或人們尊敬的警察粗暴對待我的時刻被忽略。傳記作家對這些事件重新安排、改編、展開和誇張性的描述，即便沒有揑造事實，只是極好地將它們排列在一起，但這有時也會讓我感到尷尬和羞愧。

我其實不贊成這種寫作方式，我忘了是誰說過：「人得要瞭解自己的極限在哪，並且愛上它。」我知道自己的極限，在觸碰到它們時，我甚至會感到些許滿足，因爲我害怕所有超乎人力、不尋常、太超過且不相稱的事物。這些並不屬於我，會讓我顯得荒謬可笑。我的弱點之一就是害怕自己陷入可笑的境地。

但毫無疑問，我早就已經變得可笑——這就是我爲什麼要寫這篇序言的原因——尤其是以不變、永遠的，且惹人生氣的情人形象展現在眾人面前時。但我並不否認我有一顆多情的心，一見鍾情在每條街的轉角等待著我。我也不否認女人通常都對我熱情而仁慈。我擁有一些令人愉快的回憶，我也很樂意讓其他人能得意洋洋地利用我這個弱點。但完全把我描寫成如唐璜一般放蕩者的角色卻是一種扭曲事實的做法，我要反對的正是這一點。我也受過無禮的拒絕，遇到一些卑劣的對手，遭受過不少恥辱和背叛，以及一些不可思議的失敗，如果要讓我的形象絕對眞實，那麼就得把這些都記錄下來。

這就是爲什麼我想不拐彎抹角地講述眼前這個事件的原因。我不想總是以令人厭煩的完美者形象揚名，我並不希望爲了它而喪失眞實，即便我的魅力會因此大打折扣。以往過分的功績和浪漫史理所當然也會引起人們的不滿，這樣做可能也可以讓他們對我產生多一些的寬容。

還有一點。在我二十歲時，我遇見了深愛的約瑟芬・巴爾薩摩，她假扮成十八世紀著名的騙子卡里斯托伯爵的女兒，試圖從他那兒得到長生不老的祕密，但她並不會在本書中出現。因爲一個絕對的理由，她將不會在本書中出現，讀者自己稍後就會瞭解。但另一方面，在這個籠罩在她陰影下，被重重黑暗包圍，愛恨交雜的悲慘復仇故事裡，又如何能不提到她的名字呢？

chapter 1

戰鬥即將開始

在一月一個陽光明媚的上午，清新的空氣中瀰漫著溫煦的陽光，這是使人更有生氣的泉源。寒冷的冬季開始透露出一絲春意。下午的日光越來越長，剛開始的嶄新一年也使人變得青春煥發。這天十一點左右，亞森・羅蘋正神采飛揚地漫步在林蔭大道上。

他步履矯捷，腳尖微微踮起，如體操運動員一般身手敏捷。而且，左腳每邁出一步，他就會做一次深長的呼吸，更加伸展了他原本就已非常開闊的胸膛。

他的頭微微後仰，脊背挺拔。他沒有穿外套，只穿了一件夏天的齊身灰色西裝，臂彎下夾著一頂軟帽。

他面帶微笑地看著行人，尤其是那些美貌的女子。雖然還有一點距離，不過他已經是快要邁入五十歲的年紀。如果是從背後或遠處看到這位步履矯捷、身材修長、非常時髦的先生，一定會以爲他還不超過二十五歲。

「年輕人還是會羨慕我吧！」他邊看著鏡中自己優雅的身形邊說。

無論如何，令所有人羨慕的是他堅定的神情，以及與年齡不符的修長身材、飽滿精神、極佳的胃口、健康身體與廣闊胸懷。

他腰纏萬貫，裝有左輪手槍的口袋裡裝著四個不同銀行的支票簿，這些支票簿都是以不同名字開立的，他的帳戶幾乎遍布整個法國。在一些安全的藏物處，河床、祕密巢穴、峭壁上難以進入的岩洞中藏著金條和寶石。

更不用說，在勞爾·德利梅茲、勞爾·達弗納克、勞爾·戴奈利、勞爾·達斐尼這些毫不起眼的外省小貴族名下向各個階層出借的款項，這些人都因爲擁有勞爾這個相同的名字而連繫起來。現在，他正走進省立銀行。他以勞爾·戴奈利的名義出具了一張巨額支票。

辦完手續後，他來到銀行的地下室，在名冊上簽字後，到了自己的保險櫃前，從裡面取出一些文件。

然而，他在尋找需要的檔案時，留意到不遠處有位正在服喪的先生，看上去像是已經退休的地方公證人，他從隔壁的保險櫃中取出一個包裝地非常細緻的袋子，然後把繫著的繩子剪斷，開始拿出裡頭的東西一個一個地數了起來，裡頭是數十捆的紙幣，每捆都是十張用別針夾著的一千法郎紙幣。

那位先生視力不佳，並且時不時地用充滿憂慮的眼神環顧四周，但他並沒有發現亞森・羅蘋正在留意他的每個動作，他繼續數著，接著把錢整齊地裝回了袋子，放進了一個摩洛哥皮質公事包中，大約有八、九十捆，也就是金額有八、九十萬法郎。

在他數的同時，羅蘋也在數，他暗自想道：「這個傢伙是搞了什麼花招弄到這麼一大筆錢？他是稅務人員？還是會計？又或者是爲了賺這麼一大筆錢而逃稅的無恥之徒？我最討厭這種傢伙……欺騙國家……有夠卑劣！」

放好錢後，那人用一根皮帶仔細地將他的摩洛哥皮質公事包綁好。

接著他走上樓梯離開了。

羅蘋跟隨著他，即使並非心懷不軌，但他卻不能不跟蹤一位隨身攜帶將近一百萬現金的先生。這樣一筆鉅款散發出來的氣味會引來嗅覺敏銳的獵狗。羅蘋就是如此，他的嗅覺從未將他引向歧途。因此，他一路跟著他的獵物，他收起張揚的外表，以免引起其他人的注意，但他的內心卻因爲興奮而顫抖。此外，他沒有任何計畫，也沒有任何的不軌心思。對於一個胸懷坦蕩並擁有巨大財富的人而言，幾捆錢又哪裡值得一提？

那位先生走進阿弗爾街的一家糕點鋪，從店裡拎了一盒蛋糕出來，朝聖拉薩火車站走去。

「見鬼！」羅蘋心想，「他要坐火車帶我去什麼鬼地方？」

他登上了火車。儘管羅蘋十分不情願，但也跟著上了車。在擠滿旅客的長車廂中，他們在聖日爾曼鐵道上飛馳。那位先生像母親抱住孩子那樣，緊緊地將那個摩洛哥皮質公事包抱在胸前。

他在過夏圖市不遠的勒韋西內站下了車，這讓羅蘋十分高興，因爲他很喜歡這個地方。勒韋西內市離巴黎十二公里，被塞納河的河灣環繞。勒韋西內市的街區經過了嚴謹的規劃與建設——以一個沉睡於樹蔭下的湖爲中心，寬闊的街道邊點綴著花園和富人的別墅。夜晚的霧氣凝結而成的露珠在清晨的枝葉上閃爍，走在地面上會發出清脆的響聲。只需留意那位先生手裡拿著的錢，除此之外便可以無憂無慮地漫步著，這是多麼快樂啊！

一條外圍的馬路環繞著幾棟建在一小片池塘前的漂亮房子，那片小池塘是一小塊獨立的區域，它屬於周圍的別墅主人所有。

那位先生走過「玫瑰園」，然後是「桔園」，接著他拉開了一棟名叫「鐵線蓮園」別墅的門環。

羅蘋遠遠地跟著他，以免被發現。房屋的門被打開，兩個年輕的女孩歡快地衝向那位先生：「叔叔，你遲到啦！午餐已經準備好了。你給我們帶了什麼好東西？」

羅蘋著迷地看著眼前這一幕。熱情迎接帶來蛋糕的叔叔、感情洋溢的兩位侄女、有些陳舊的矮房，這一切都非常美妙。走進充滿眞誠的地方並感受著家人團聚的溫暖氣氛實在讓人感到愜意。

五百公尺外便是那個寬闊的湖泊，湖上的小島和它通過一座木橋連接，湖面上風景如畫。羅蘋在一家餐點非常可口的餐廳用完午餐後，沿著湖慢慢走著，沿途欣賞著馬路周邊賞心悅目的別墅，在冬季這些日子裡，大部分別墅都關著門。

但其中一棟引起他的注意，不僅僅因爲它看上去令人喜愛，擁有一個精心設計的花園，而是因爲掛在鐵柵欄上的一塊告示牌，上面寫著：「『光明別墅』，待售。如欲看房請入內參觀，如需更多訊息請前往『鐵線蓮園』別墅諮詢。」

「鐵線蓮園」！不正是「叔叔」去吃午餐的那棟別墅嗎？眞是的，命運總是愛開玩笑。看來皮質公事包和「光明別墅」之間也能連繫在一起呢！

別墅旁的兩棟屋子分別位於大門鐵柵欄的兩側。右邊的小屋住著園丁。羅蘋按了按門鈴。很快，羅蘋就進了房子參觀，他第一眼就喜歡上這棟房子。這棟住所非常討人喜愛，雖然看上去有些破舊不堪，某幾處甚至荒廢了，但房子布局精巧，只需進行細部的整修便可恢復使用。

「這……這正是我要找的那種房子。」他心想，「我正好想要在巴黎附近找個落腳的地方，可以時不時地來這兒度過一個愉快的週末！這棟房子正合我意！」

而且，這事太巧了！簡直是意外收穫！命運給他安排了如此理想的住處，而且還不用他自己出錢。正好在這附近的那個皮質公事包裡的錢就足夠買下這棟房子，簡直就像幫我預備好的！

五分鐘後，羅蘋向「鐵線蓮園」門房遞上了他的名片，這位名片上屬名爲勞爾・達斐尼的先生被帶去與正待在一樓起居室裡的菲力浦・加弗爾先生會面，他的兩個侄女也在，加弗爾先生將她們介紹給他。

加弗爾先生依舊抱著那個摩洛哥皮質公事包，皮帶也原封不動地綁著。也許他連用午餐時也抱著它。

羅蘋表明了他的來意：他想買下光明別墅。菲力浦．加弗爾先生開出了價格。

羅蘋思考了一會兒。他看了看那兩姐妹。一位年輕的男子正在幫那位姐姐整理院子，那是她的未婚夫，他剛剛到這裡找她們，三個人歡快地笑鬧著。羅蘋感到些許爲難。他總是諸多顧慮，心裡思考著他這個免費獲取房子的計畫是否會傷害到這兩姐妹。

最後，他請求做決定前給他兩天時間考慮。

「就這麼說定了。」加弗爾先生答道，「但再晚你就得找我的公證人處理，因爲我馬上就要出發去南部了。」

他解釋說他的妻子八個月前去世了，兒子剛剛在尼斯完成婚禮，他將去那對新人身邊生活一段時間。

「另外，我並不和我的侄女一起住在這，我的房子在隔壁的『桔園』裡。兩家的花園是連在一起的。房子非常舒適，但現在百葉窗緊緊關著，你可能看不出來。」

羅蘋在那兒又待了一個小時，與年輕女孩們開玩笑閒聊，向她們講述許多歷險和故事逗她們開心。但他的眼角的餘光一直在觀察加弗爾先生。

菲力浦・加弗爾在鐵線蓮別墅和桔園相連的花園來回走動，手臂下夾著他的公事包，指揮著他的僕人將行李箱和包裹裝上汽車，提前將物品運往里昂火車站。

「叔叔，你的公事包也要帶嗎？」他的侄女問道

「當然不帶。」他說，「裡面裝著一些從巴黎帶回來的無關緊要的商務文件，我會把它放在家裡。」

他走回自己的房子，二十分鐘後，他從裡面走了出來。公事包已經不見了，口袋裡也不像是鼓囊囊地裝滿了錢。

「他把錢藏在了房子裡。」羅蘋心裡暗暗想道，「他認爲藏錢的地方非常安全。很顯然，這個老混蛋想要欺瞞稅務機關，以逃避對他妻子遺產的稅務計算。這樣的人不值得對他們有絲毫的憐憫。」

羅蘋將他叫到一邊，對他說道：「我考慮好了，先生，我要買下這棟房子。」

「太棒了。」加弗爾先生邊說著邊將房子的鑰匙交給了他的侄女。

他們一同離開。加弗爾先生沒有再去取他的公事包。

兩週後，羅蘋簽付了一張支票。但僅僅只是付給賣家的預付款，而藏在桔園裡的幾捆錢是光明別墅價格的好幾倍。他甚至不急著進行必要的搜查，他認爲那些鈔票的所有者一定將它們藏在自己

認爲最安全的地方。這個藏錢處最大的優點就在於它完全不爲人所知。但羅蘋肯定能知道。

無論如何，他得先找一位建築師來整修光明別墅這棟他意外獲得的房子。一日，他收到一位醫生的來信，醫生曾給他提供過極大的幫助①，也知道他的眞實身份並且總是能得知他的各個不同身份和地址。德拉特醫生給他的來信中寫道：

親愛的朋友，我非常榮幸能向你推薦年輕的菲利斯安・查理，他是一個已經畢業的建築師，我非常喜愛他。他才華橫溢……

羅蘋派人將這位年輕人找來，他看上去害羞、穩重、想要討人喜歡但卻不知道如何去做。相當英俊的小夥子，大約二十七、八歲，聰明且富有藝術氣息。他很快就明白他所要負責的工作，並提議對住所進行裝潢並對花園進行修復。他住進了別墅左側的小屋裡。

幾個月過去了。

羅蘋只來過三、四次。他把菲利斯安・查理介紹給了那兩姐妹，以便能得知那裡所發生的一切。另一方面，菲利斯安也十分樂意去拜訪她們，那位姐姐因爲得了極重的支氣管炎而不得不推遲了婚禮。

最後，儀式定在七月九日。加弗爾叔叔應該會參加，正在荷蘭旅行的羅蘋決定要提前一週返回，以便他能成功地將那些鈔票變走。

他的計畫非常簡單。他注意到兩堵圍牆間有一條延伸到池塘的小路，在路的盡頭繫著一艘隔壁別墅的小船。這樣，某天夜裡他就能潛入桔園，並從花園進入房子。

一旦拿到那些紙幣，他就會把袋子完全恢復原樣。雖然二十四小時內菲力浦・加弗爾便會回來，但只是回來參加婚禮。他會非常高興地發現他的袋子在原地原封不動，而不會想到打開它來確認裡面的東西。只有到十月份他回家後，打開袋子時才會發現錢已經被偷了。

但當這天早上，羅蘋開車到達別墅時，可怕的一幕已經在前一天晚上發生了，也在那片寧靜的小池塘邊掀起了悲慘的波瀾。

譯註：

①參見亞森・羅蘋冒險系列04《奇巖城》

chapter 2

殺戮

在那一連串的可怕慘劇發生前的十二小時裡，兩對即將被到來的命運威脅的年輕男女在鐵線蓮別墅裡共進了一頓自然、輕鬆、無憂無慮、充滿溫馨和愛意的愉快午餐。然後這些悲劇沒有任何預兆地發生了。彷彿暴風雨在晴朗的天空下突然來臨，而後來對此驚恐萬分的受害者在當時卻毫無所悉。

他們歡快地笑著，海闊天空地交談著，聊著當天、第二天甚至一個禮拜以後的計畫。加弗爾姐妹坐在那兒，她們自父母死後就一直居住在這棟別墅裡，那時她們只有七、八歲。從她們出生起就已經在這裡工作的女管家陪伴著她們，她叫做艾美麗，她的丈夫愛德華也是這兒的僕人。

姐姐伊莉莎白是一個金髮的高個子女孩，大病初癒的臉看上去異常蒼白，帶著天真的微笑，尤其是面對她的未婚夫傑羅姆・賀瑪時，他是一位外表英俊健壯、面容誠懇的男子，暫時沒有身家，他是一個孤兒，也住在巴黎國道邊上的勒韋西內居民區裡，他的那棟小房子是他母親曾經住過的。在成爲伊莉莎白的未婚夫前，他們就已經是朋友了，他與妹妹蘿蘭德從小相識，十分親密。

蘿蘭德比她的姐姐要年輕許多，也比伊莉莎白更善於表達，且非常美貌，身上帶有一種神祕動人的魅力。她很可能吸引了另一位年輕男子菲利斯安・查理，他一直在暗中觀察她，他好像沒有勇氣直視她的臉。他喜歡她嗎？蘿蘭德也不能肯定。因爲他臉上的表情總是那麼淡定，很容易讓人摸不著頭腦，無法從他的臉部表情看出他眞正的情緒、眞正的想法與感受。

用完午餐後，他們四個人走進起居室，起居室十分寬敞，不過由於傢俱、小擺設和書籍的布置，房間有些地方仍顯得十分隱密。房間的窗戶是英式的，大大的窗戶完全打開，望出去便是隔著池塘邊那棟別墅的狹窄草坪。水面平靜無波，倒映著茂密的樹木，長長的樹枝疊在一起在水面上投下陰影。從窗戶俯身出去就能看到另一棟房子，即菲力浦叔叔住的那棟桔園別墅。兩個花園的周邊用矮矮的籬笆圍住，草地則一直延伸到池塘。

伊莉莎白和蘿蘭德手牽著手，看上去感情異常深厚。蘿蘭德更是全心地注視著她的姐姐，並時不時地表現出擔憂。伊莉莎白在病後依然需要悉心照料。

之後蘿蘭德留她和她的未婚夫單獨相處，自己彈起鋼琴並將菲利斯安・查理叫到身旁，一開始他原本想要躲開。

「請妳原諒，小姐，我們今天午餐吃得有點晚，而我的工作得準時開始。」

「你的工作不是非常自由嗎？」

「正是因爲工作自由，我才得守時。而且，明天一大早達斐尼先生就到了。他連夜開車回來。」

「能見到他眞是太好了！他很友善也非常有趣！」

「那麼妳就應該明白我想讓他滿意。」

「不過，還是請坐下來……半分鐘就好……」

他不再說話，乖乖坐下。

「跟我隨便聊聊吧。」她說。

「我是跟妳說話還是聽妳彈琴？」

「可以一起做啊。」

「妳不彈鋼琴，我才能與妳說話。」

她沒有搭腔。只是彈奏了幾段溫柔隨和的曲子，像是在吐露愛情。她想讓他明白一些祕密，或是促使他的感情變得更加衝動。但他依然保持沉默。

「你走吧。」她命令道。

「走……爲什麼？」

「我們今天談得夠多了。」年輕女孩開玩笑道。

他猶疑地驚呆在原地，在她反覆要求下，他離開了。

蘿蘭德微微聳了聳肩，接著，她邊望著正在低聲交談和互相凝視的伊莉莎白和傑羅姆，邊繼續彈奏。他們倆挨著坐在無靠背的長沙發上，音樂輕輕地安撫著他們，讓他們更加靠近。

最後，伊莉莎白站了起來，說道：「傑羅姆，划船散步的時間到了。穿過樹枝，划過水面的感覺很棒。」

「眞的沒問題嗎，伊莉莎白？妳還沒有完全復原。」

「當然囉，當然可以！這反倒是能令我感覺舒適的休息方式。」

「可是……」

「來吧，親愛的傑羅姆。我去把小船拉到草坪這兒來。你在這等我，傑羅姆。」

她像往常那樣回到自己的房間，打開寫字檯，習慣性地在薄冊上寫下幾行私密日記，也就是之後我們看到她死前最後寫下的幾句話。

傑羅姆好像有些心不在焉，在想其他的事情。我問他原因。他回答説是我誤會了。但因爲我堅持要問，他用相同的回答來敷衍我，然而語氣卻更爲猶疑不決。

「不，伊莉莎白，我沒事。我還能要求什麼呢，既然我們都已經要結婚了，並且我將近一年以來的夢想就快實現。只是……」

「只是什麼？」

「有時候我會擔心未來。妳知道我並不富有，我已經快三十歲了卻還一無所有。」

「但我有錢，我……當然，我們不能隨便亂花錢……但爲什麼你想變得富有？」

「我是爲了妳，伊莉莎白。我自己對錢並沒有實際需求。」

「我也不需要，傑羅姆！我沒有什麼奢求，只要幸福就夠了。」我笑著說。「也許我們只要簡單地生活在這裡，直到有天某位仙女會給我們帶來屬於我們的寶藏？……」

「啊！」他說，「我從不相信寶藏！」

「爲什麼！我們的寶藏眞的存在，傑羅姆……你還記得我曾跟你提過……我們父母親的一位老朋友，一個許多年沒見的遠房表哥，他沒有告訴我們他的消息，但是他非常愛我們……女管家艾美麗也對我說過許多次：『伊莉莎白小姐，妳將會非常富有。妳的表舅，喬治・迪戈里凡會將他所有的財產都留給妳，是的，留給妳，伊莉莎白小姐，而且他好像已經病了。』你明白了嗎，傑羅姆……」

傑羅姆低語道：「有錢……錢……。但我想要的是工作。我想成爲一個能爲妳帶來幸福的丈夫……」

他沒有繼續說下去。但我笑了，傑羅姆……我親愛的傑羅姆……正因爲我們相愛，你才會擔心未來嗎？

伊莉莎白將筆放下。她每日的密語已經寫完。她準備了一下，撲了點粉，往臉上塗了些胭紅，檢查了一下那條珍珠項鍊的搭扣已經扣牢。那是母親留給她的項鍊，從不離身。她下樓走向菲力浦叔叔的花園，小船就繫在那三級木製臺階附近。

伊莉莎白離開後，傑羅姆仍舊待在沙發上。他漫不經心地聽著蘿蘭德的即興演奏。

她停了下來，對他說道：「我感到很開心，傑羅姆。你呢？」

「我也是。」他說。

「對吧？伊莉莎白是那麼美麗！你知道你未來的妻子是多麼的善良和高貴！你很快就會瞭解了，傑羅姆。」

她轉身回到琴鍵，用力地彈奏著一首凱旋進行曲，爲了表現出異乎尋常的幸福。

但突然她又重新停了下來。

「有人在叫……你聽到了嗎，傑羅姆？」

他們側耳聽了聽。

外面一片寧靜，安靜的草坪，平靜的池塘。肯定是蘿蘭德聽錯了。她又重新全力地彈奏起勝利且快樂的和絃。

接著，她突然站了起來。

有人在尖叫，她確實聽到了。

「伊莉莎白……」她結結巴巴道，立刻衝向窗戶。

她用哽咽的聲音大聲叫道：「救命啊！」

傑羅姆已經跑到她的身邊。

他俯身看到在與河岸齊平的臺階上，一個男人扼住伊莉莎白的喉嚨。她倒在地上，雙腿浸入水中。傑羅姆恐懼地嚎叫起來，想要跳出去跟在已經跑到草坪的蘿蘭德之後。

那邊的男人轉過身看到他們。他馬上鬆開了伊莉莎白，撿起什麼東西，從桔園逃走了。

因此，傑羅姆也改變了主意。他跑進隔壁的房間，從裡面取下一把卡賓槍，這把槍兩姐妹經常用來練習，他也知道怎麼上子彈，他停在了臺階上，從那兒可以看到整個花園。

那個男人逃到了房子前，顯然想要跑進桔園的花園，那裡有一個直接通往環城街道的出口。

傑羅姆瞄準並開了槍。一聲巨響——那個男人一頭栽進花園，從花壇裡滾了下去，掙扎幾下後便不再動彈。傑羅姆衝了過去。

「她還活著嗎？」他大聲叫著跑到蘿蘭德的身邊，她半跪著摟著她的姐姐。

「心臟已經不跳了。」蘿蘭德哭著說。

「不，不可能！……我們能讓她醒過來……」傑羅姆難以忍受地嚷道。

他撲向那具不再動彈的身體，但還沒來得及確認她是否還活著，就馬上眼帶驚恐得結結巴巴道：「噢！她的項鍊……不見了……那個男人扼住她的喉嚨就是爲了搶走那條珍珠項鍊……噢！太可怕了！……她死了……」

他開始發瘋般地跑了出去，老僕人愛德華跟著他，而蘿蘭德與女管家艾美麗則留在受害者的身邊。他在花壇中找到了趴倒的那個男人，那顆子彈穿過了肩胛骨，應該打中了心臟。

在愛德華的幫助下，他把他翻過身來。這個男人大約五十到五十五歲左右，穿著破舊的衣服，戴著一頂骯髒的鴨舌帽，臉色蒼白，留著蓬亂的灰色大鬍子。

傑羅姆搜查了他的身體。一個積滿污垢的錢包裡裝著幾張紙，裡面有兩張小卡片，上面手寫著一個名字：巴特雷姆。

在他短外套的一個口袋裡，僕人發現了那條他從伊莉莎白那兒搶走的，由大顆珍珠串成的項鍊。

兩棟別墅周圍的人都聽到了尖叫聲和槍聲，他們很快蜂擁而至，從圍牆的上方觀望，打開柵欄，或是按鐵線蓮別墅的門鈴。已經有人打電話給夏圖警察局和憲兵隊。員警已經前來維持秩序。他們將人群驅散，進行第一時間搜證。

傑羅姆・賀瑪跌坐在他死去的未婚妻身旁，用握緊的拳頭堵住雙眼。人們將她運回別墅，他仍待在原地沒動。人們被蘿蘭德請來找他，蘿蘭德克服了她的悲痛，強打起精神地爲伊莉莎白穿上婚紗，他則不願意前去。他拒絕看到他愛的伊莉莎白不同的、受傷的、不再美麗的樣子，而只想留下她過去極美的樣子。

菲利斯安·查理在得知慘劇後也來到了鐵線蓮別墅，蘿蘭德並沒有見他，他試著想拉傑羅姆一起調查。他把傑羅姆帶到躺在擔架上的兇手屍體面前，問傑羅姆是否從未見過此人。並且問他慘劇發生的經過。但沒有什麼能讓傑羅姆感興趣，使他重新振作起來。

最後，員警不斷詢問他，他躲進了起居室，他最後一次看到伊莉莎白就是在這兒，他不肯再從裡面出來。

晚上，蘿蘭德並沒有離開她姐姐的房間，傑羅姆只讓愛德華服侍他草草地吃了幾口東西。接著，他便筋疲力盡地睡了。再晚一點，他走到花園，在月光下散步，接著跑向草坪，在潮濕的青草和鮮花中重新睡著。

因爲下雨了，他回到房子裡。在樓梯口他碰見了正踉蹌走下樓的蘿蘭德，臉上也是一片絕望，他們一句話也沒說，只是握了握手，似乎他們之間只剩下痛苦。快要凌晨一點時，他離開了。

蘿蘭德回到樓上伊莉莎白的房間，由女管家陪伴著在葬禮前守夜。大蠟燭在哭泣著。池塘清新的空氣搖晃著燭火。

雨下得很大。接著在蒼白的藍天中，天漸漸變亮，天空中閃耀著幾顆星星，幾片飄浮的雲朵被初升的太陽染紅。

就是在這時，在通往夏圖市的馬路上，一個養路工人在路堤的背面發現了半昏迷的未婚夫傑羅姆・賀瑪，他被雨水打濕，呻吟著，領口沾滿了血。

一會兒之後，在另一條清晨還沒有什麼人經過的馬路上，一個送牛奶的人發現了另一位傷者，他被刀子刺穿了胸膛，一個年輕男子，穿著非常體面，他穿著黑色天鵝絨褲子和同顏色的短外套，戴著打著大花結的白點領帶。看上去像是一位藝術家，身材健壯並且高大。

這個人傷得更重。他一動不動地躺著。然而，他還有呼吸，心臟還在微弱地跳動。

chapter 3

勞爾介入調查

一整個上午，在寧靜的勒韋西內，路上只有來來往往的憲兵、便衣警探和穿制服的員警，馬達隆隆作響，交通十分擁堵，記著和攝影師們急促地奔跑著。人們互相談論，寧靜的街區裡喧擾著最為異常和矛盾的吵雜聲。

唯一安靜的地方就是鐵線蓮別墅的花園和房子。命令非常明確：只有警察才能進入這棟別墅，因而阻隔了好奇的人群和記者。為了尊重死者和以及悲痛的蘿蘭德，人們都放低聲音交談。

當人們將傑羅姆．賀瑪遇襲的事情告知她時，她又忍不住啜泣起來：「我可憐的姐姐……我可憐的伊莉莎白……」她請人將他送到附近的一家醫院醫治。另外一位傷者也被送進了同一家醫院。那位勒死年輕女孩的巴特雷姆的屍體被放置到車庫，等人來將他運往指定的停屍間。

快到十一點時，檢察官坐在花園一張舒適的扶手椅上，他身邊坐著預審法官魯斯蘭先生。魯斯蘭先生一邊抵抗著沉沉的睡意一邊聽著警察隊長古索殷勤地解釋著在勒韋西內這幾樁接連發生的慘劇。

魯斯蘭先生是位小個子男子，下半身看上去十分臃腫，消化器官有時因此難以負荷。他任職外省法官已有十五個年頭，變得懶散且缺乏野心，他費盡心思留在這個地區以滿足他對垂釣的熱愛。不幸的是，最近他在奧爾薩克城堡案件①中表現出的敏銳和洞察力引人注目。讓他非常沮喪地被調任到巴黎。他的黑色阿爾帕卡短外套和皺皺的灰色布褲子表現出他對衣著完全不在意。儘管他外表不起眼，但卻是一位聰明優雅的男子，行為非常特立獨行，甚至常常是隨心所欲。

而這位古索隊長卻有點名不副實，他大聲的總結驚醒了魯斯蘭先生：「總之，加弗爾小姐是在俯下身去拉小船上的鏈鎖時被襲擊，襲擊的力度如此之大，以至於那三級木製臺階都被折斷並滑入水中。可疑的是，加弗爾小姐的腰部也泡入了水中。緊接著，在河岸上發生打鬥，兇手搶了珍珠項鍊後逃跑，他的兩條腿也弄濕了。這個兇手已經被抬到車庫，經過醫生檢查後，我們沒有在他身上發現任何身份資訊，只查到巴特雷姆這個名字。從他的外貌和衣著上看像是個流浪漢，因為搶劫而被殺。目前我們就只知道這麼多。

「現在我們來看看另外兩個人。傑羅姆・賀瑪先生用槍擊中了兇手，否則兇手很可能逃脫。這一點是我們唯一能瞭解的細節。至於其他的，還有他在病床上的口供，但他已經虛弱到無法清楚地描述。首先，他不認識殺害他未婚妻的兇手。其次，他也沒看清當晚攻擊他的那個人，而且他不知道爲什麼會受到攻擊。另一方面，對於第二位傷者的身份以及他被襲擊的原因，我們還沒有任何線索。我們最多只能假設這兩起事件兇手是同一個人。」

這時，有人打斷了那位警官。

「隊長，難道我們不能假設，那天晚上的慘劇不是發生在三個人之間，也就是說，不是一個兇手和兩個受害者，而是僅僅發生在兩個人之間，傑羅姆．賀瑪先生被人襲擊，而那個人同時也被傑羅姆．賀瑪先生打傷，他困難地逃到了三、四百公尺外，他當天晚上昏倒的地方？」

他們認眞地聽著，對這位先生的這個驚人的假設非常感興趣。他們驚訝地望向他，但這位先生是誰？他們意識到他是從鐵線蓮別墅裡走出來的，並聽到了古索隊長的結論。可是他有什麼資格介入這個案件？

古索隊長因他用另一個假設代替了自己的而感到非常生氣，他質問道：「先生，你是什麼人？」

「勞爾．達斐尼。我的房子就在離這兒不遠的地方，在湖的對面。我離開了巴黎幾週，今天早上才回來，我從那位住在我家負責裝潢別墅的年輕建築師那得知這裡發生的事情。菲利斯安．查理是加弗爾小姐的朋友，昨天與她們一起共進午餐。一個小時前我陪他一起來找蘿蘭德小姐，我在花園裡漫步並無意間聽到了你出色的推理，隊長。聽得出來你是一位調查高手。」

勞爾・達斐尼帶著一絲難以形容的微笑和某種嘲諷的神情，讓其他人察覺到了他的嘲弄之意。但古索隊長自信滿滿，十分相信自己的才華，因爲最後幾句讚揚而高興不已。他欠了欠身，非常樂意他的崇拜者繼續留在這兒。

「我也曾做過這個假設，先生。」他微笑著說，「甚至我還質問過賀瑪先生，他回答我說：『我能用什麼武器來攻擊呢？我手上並沒有武器。不。我只有用拳腳來自衛。』

「賀瑪先生告訴我：『我朝他的臉上揮了一拳。然後讓他逃走了，因爲我已經受傷了。』答案非常清楚，不是嗎，先生？而且，我檢查過第二位傷者：他身上沒有任何被拳頭打傷的痕跡，臉上和其他地方都沒有。因此……」

這次，勞爾・達斐尼欠身致意，說道：「完美的推理。」

但對勞爾非常感興趣的預審法官魯斯蘭先生問道：「你有觀察到其他可以跟我們聊聊的線索嗎，先生？」

「哦！沒什麼了。我怕我話太多……」

「請說，請說吧……。我們正面對一件無法釐清的案件，只要稍稍往前走一步就有可能取得重要的進展。我們洗耳恭聽……」

「好吧。」勞爾・達斐尼繼續說道，「伊莉莎白被掐住脖子時，使她掉進水裡的原因顯而易見，不是嗎？因爲木質臺階坍塌了。我檢查過這幾級毀壞的臺階。這些臺階由打進池塘的兩根木樁支撐。然而，這兩根木樁在推力下折斷了，因爲它們已經在最近被人鋸斷了四分之三。」

話音剛落，便傳來了一聲微弱的呻吟。蘿蘭德剛好從起居室出來，她被菲利斯安・查理攙扶著，聽到達斐尼先生這些話後險些摔倒。

「怎麼可能？」她喃喃道。

古索隊長衝到臺階旁，撿起了一根達斐尼先生拿到河岸的一根木樁。他將它拿了回來，說道：「確實如此。切口還是新的，非常清楚。」

蘿蘭德死死地盯著那段木樁說：「從一個月前開始，我姐姐每天都在同一時間去取那條小船。那個殺死她的人難道也知道這一點？難道他事先就已經謀劃好了？」

勞爾搖了搖頭。

「我不認爲事情是這樣的，小姐。僅爲了搶她的項鍊，兇手並不需要把她扔進水裡。只要突然襲擊她，在河岸上扭打兩三下……然後逃走……就足夠了。」

預審法官興致勃勃地問道：「那麼你認爲可能是另外一個人佈下這個可怕的陷阱？」

「是的，我想是這樣。」

「誰？爲什麼要設下這個陷阱？」

「我還不清楚。」

魯斯蘭先生不由自主地露出了微笑：「事件變複雜了。可能有兩個兇手：一個有殺人企圖，而另一個則眞正殺了人。後者只是利用了這樣一個機會。但他是從哪裡進來的呢？又藏在哪裡呢？」

「那裡。」勞爾邊說邊指向菲力浦・加弗爾叔叔的桔園。

「藏在這棟房子裡？難以想像。你看，房子底層的窗戶和門都是緊閉著的，外面的百葉窗也是密封著的。」

「我們去瞧瞧！」

勞爾漫不經心地答道：「所有的門窗上都裝上了密封的百葉窗，但這些門窗都沒有鎖上。」

「它們中最右邊的一扇落地窗沒有鎖上。那兩扇窗從裡面被強行推開，只是輕輕地合上了。你去看看吧，隊長。」

「但那個人又是怎麼進入房子裡的呢？」魯斯蘭先生問道。

「很可能是從房子朝向外面街道的正門進入的。」

「他破壞了門鎖？」

「沒錯。」

「他選擇這個地點來監視加弗爾小姐並伺機攻擊她？這太奇怪了。」

「對此我有自己的看法，預審法官先生。但我在等加弗爾先生回來，昨天他發電報給蘿蘭德小姐，告訴她，他會結束在他兒子家的度假，從坎城回來。我們很快就會見到他，對吧，小姐？」

「他很可能已經到了。」蘿蘭德肯定道。

接著，長時間地沉默。每個在座的人都感覺到了達斐尼先生的權威。他所說的一切聽上去像是眞的，大家也都認爲是眞實的，儘管看上去充滿矛盾以及不可能。

看著確實沒有關上的落地窗，古索隊長愣立在桔園前。官員們低聲地交談著，蘿蘭德輕輕地哭泣著。菲利斯安一會兒看著她，一會兒看向達斐尼先生。

最後，達斐尼先生又重新開口說：「預審法官先生，你說過案件非常複雜。確實，它的複雜超乎我們的想像。在一些類似的案件中，我會懷疑我所看到和掌握的，我傾向於將之簡化，理由是事實往往會彙聚成一個整體。在生活中不可能同時發生如此雜亂無章的一系列事件。命運絕不會這樣累積一系列的戲劇性變化。在十二個小時內，陷阱、溺水、勒死、搶劫、死亡、接著其他兩個可能導致兩個人死亡的陷阱！所有這一切都缺乏條理、愚蠢、荒謬、不近人情。不，實際上，多得過分了……這就是爲什麼……」

「爲什麼？」

「這就是爲什麼我在想，在這團錯綜複雜中是否有一條能分開這些事實的線，將一些分到右邊，另一些分到左邊……簡單說，如果沒有，那麼這就不是一起單一事件，如果只是一個事件，那麼它就顯得過於累贅了。而是兩起正常事件，在它們發生的某個點上偶然間產生了連繫。如果是這樣的話，只需要找出兩個事件發生交叉的點，兩個事件正是從這點開始交雜在一起，使我們無法看清。」

「噢！噢！」魯斯蘭先生笑著叫道，「這可真有趣，你有什麼證據能證明嗎？」

「什麼都沒有。」勞爾・達斐尼答道，「有些時候，邏輯比證據更有說服力。」

他不再說話，每個人都在思考。從鐵線蓮別墅後面傳來汽車停下的聲音。蘿蘭德衝到加弗爾叔叔面前。

他們一起上樓到伊莉莎白的房間，接著，加弗爾先生加入了他們的交談。

他們簡單地向他講述了事件的經過。勞爾・達斐尼向他指了指他別墅那扇開著的門，說道：

「先生，很可能有人闖進了你的別墅。」

加弗爾先生頓時面色慘白：「有人闖進我的別墅？他要幹什麼？」

「偷竊。你是否在家裡放了什麼貴重的東西。比如證券？」

蘿蘭德的叔叔踉蹌了一下。

「物品？……證券？……不，沒有……而且，小偷怎麼會知道呢？不，不，我簡直不敢相信……」

突然，他瘋一般跑向桔園，邊大聲叫道：「不！……你們不要過來……任何人都不要過來。」

他直接走向桔園的一樓，稍微推開門後就消失在裡面了。

兩分鐘過去了。房子裡傳來一聲驚叫。幾秒鐘後，他突然出現，捶胸頓足，跌倒在門口的臺階上，其他人都在那兒等著他。

他嘟噥道：「是的……是眞的……有人偷了我的東西……那個小偷找到了藏東西的地方……你能相信嗎？他全拿走了……」

「偷了很重要的東西嗎？」預審法官問道，「……大概値多少錢？」

加弗爾先生站了起來。他面無血色，害怕他的祕密被發現。

「是的，很重要……多少錢是我的私事……司法只需要負責一件事，我被偷了……你們得把小偷找出來！……將我被偷的東西還給我……」

勞爾．達斐尼和古索隊長走進房子。他們在門廳處檢查了面朝街道大門的鎖，正如達斐尼預料的那樣，鎖已經被破壞，門只是從裡面用門閂拴住。

他們回到花園，勞爾向蘿蘭德提問道：「小姐，妳曾經跟我說過，當妳跨過起居室的窗戶的時候，妳看到了殺害妳姐姐的兇手在逃跑的時撿起了什麼東西？」

「是的……確實是這樣……」

「這個東西是什麼樣子的？」

「我看不清楚……」

「是一個袋子嗎？」

「我想……是的……一個袋子……他邊跑邊將它藏進了外套裡。」

這個袋子後來去了哪裡？他們叫來了僕人愛德華，他確認在屍體上沒有找到任何東西。

所有被詢問的人，員警或是任何一個人都說他們沒有在昨天晚上或是今天早上撿到過袋子。

菲力浦・加弗爾重新看到了希望……

「我們會找到它的……我相信警察能找到它。」他說。

「爲了找到這個袋子，我們需要知道它的特徵。」魯斯蘭回答道。

「一個灰布包好的袋子。」

「裡面裝著什麼？」

「這是我的事！……這是我的事……我藏的是鈔票或是文件，難道不是我的自由嗎？」

「那麼是鈔票囉？」

「不，不，我沒有這樣說。」菲力浦・加弗爾越發激動起來，「爲什麼你認爲那裡面是鈔票？不……是一些信件……一些對我來說價值連城的文件。」

「簡而言之？」

「總之，被偷的是一個灰布包好的袋子，司法部門只需要搜索這個灰布袋子就行了。」

「無論如何。」勞爾在沉默許久之後終於開口，「這就是證據。前天晚上，一個小偷，也就是那位叫巴特雷姆的老頭潛進了這棟房子。在經過仔細的尋找之後，他找到了那個袋子。接著就這麼離開嗎？不，大白天的話，他有可能被發現並抓住。因此，他打開了這扇落地窗，想當然地認爲這棟無人居住的房子的花園裡，應該不會有人，他能夠利用花園的出口逃走。然而，就在那時，伊莉莎白・加弗爾從鐵線蓮別墅走了過來。他們偶然間撞見了，年輕的女孩發出了一聲尖叫，在鐵線蓮別墅能隱約聽到。接下來發生了什麼？小偷衝向她。她試圖逃跑。在臺階上發生打鬥。接下來發生的我們已經知道了。」

古索隊長不以爲意地聳了聳肩。

「很有可能……但我並不在場。」

「我也沒有……」

「因此，沒有什麼能證明事情是這樣發生的，也就是說，不能證明那位巴特雷姆先生不是爲了殺害加弗爾小姐而蓄謀已久。」

「確實，沒有什麼能夠證明。」勞爾承認道。

但是天色已晚。代理檢察官不得不動身返回巴黎，魯斯蘭先生的肚子也餓得咕咕叫了。他壓低聲音詢問僕人，這附近是否有什麼好的餐館？

「預審法官先生。」勞爾・達斐尼說道，「如果你能接受我的邀請，我將榮幸之至，我想我家的餐點還不算太差……」

他也邀請了古索隊長，但他十分不快地拒絕了，他不想中斷他的調查。蘿蘭德將勞爾拉到一旁，激動地請求他：「先生……我相信你……你會爲我的姐姐報仇的，對吧？……我是如此愛她……」

他肯定地答道：「會有人為妳姐姐報仇，但我想能為她報仇的人是妳……」

他直視她的眼睛並重複道：「小姐，請妳仔細聽好，妳能幫我……有一個可怕的問題需要解決，對於這個問題我們毫無所知。請妳反覆思考一下這個問題。尋找看看妳的姐姐是否有什麼敵人，是否她生命中有什麼事情會引起其他人的嫉妒或仇恨……如果有，請妳告訴我。我會全力幫妳……我們會成功的。」

譯註：

①魯斯蘭預審法官相關故事請見莫里斯・盧布朗筆下小說《Le Chapelet rouge》(1934)，非亞森・羅蘋冒險系列故事。

chapter 4

古索隊長的審訊

菲利斯安・查理也和他們一起共進午餐，勞爾款待的午餐讓魯斯蘭先生讚不絕口。

「啊！這條龍蝦眞棒！……啊！這杯香醇索泰爾納酒！……這肥嫩的小母雞眞是太美味了！……」

「我知道你的嗜好，預審法官先生。」勞爾・達斐尼對他說道。

「喲！誰告訴你的？」

「我的一位朋友，布瓦熱奈，他參與了那起著名的奧爾薩克城堡事件，在那起案件中，你幹得非常漂亮。」

「我只是讓事情按照它們的順序發展。」

「是的，我明白你的理論。慘劇的發生，都是因爲裡頭人物激動的情緒所致，當憤怒激情隨著時間流逝，謎團就會逐漸消失。」

「當然，但遺憾的是今天這起事件卻並非因爲情感。盜竊金錢，項鍊……沒有任何樂趣。」

「誰知道呢？伊莉莎白周圍不是也佈下了陷阱。」

「是的，佈下了臺階的陷阱，但你眞的相信這是個陰謀？你眞的認爲這是兩個不同的事件？」

「預審法官先生，你不要認爲我只是個有點小才華且自以爲是的偵探愛好者……不……我讀過許多……當然絕不是偵探小說：我不喜歡偵探小說……我喜愛的是法庭報紙……以及一些眞實案件的記述。我從閱讀中得到一些經驗和一些觀點……有時準確的……有時則完全錯誤……使我有時錯誤或正確地談論這些事件……使員警們對此驚訝不已……就像這位勇敢的古索隊長。眞相總是可怕地隱晦！唯一清楚的是。」他笑著補充道，「加弗爾先生不想讓我們懷疑他藏了鈔票。那麼，即使我們找到了那個灰布袋子，如果裡面已經空無一物，對他又有什麼用呢？」

「的確。」魯斯蘭先生說道，「小偷會做的第一件事就是將袋子拆開，將裡面的東西拿走。這樣，找回那些錢的可能性就很小了。」

菲利斯安一言未發。在整個午餐的過程中，他很專注地聽勞爾・達斐尼說話，完全沒有插嘴。

三點左右，他們陪同魯斯蘭先生一起回到了鐵線蓮別墅花園，古索隊長還待在那。

「隊長，有什麼新發現嗎？」

古索神情十分冷淡地答道：「呸！沒什麼大不了的發現。我得知了醫院裡賀瑪先生的一些情況，我已經和醫生談過。儘管他目前已經脫離危險，醫生還是不允許我進行深入審訊。他只是告訴我跟蹤並攻擊他的人似乎是突然出現在通往池塘的死胡同裡。」

「凶刀找到了嗎？」

「無法找到。」

「另一個受傷者呢？」

「他的情況一直很糟糕，醫生還無法確定他的病情。」

「找不到任何他的身份資訊嗎？」

「沒有。」

隊長停頓了一下，接著心不在焉地說：「但是……關於他有件非常奇怪的事情。」

「哦！什麼事？」

「這位在昨天晚上受到攻擊的人，昨天也來過這個花園。」

「你說什麼？來過這個花園裡？」

「就是這兒。」

「他是怎麼進來的？」

「首先，他跟隨著菲利斯安·查理先生進入別墅，因爲在伊莉莎白小姐被謀殺後，菲利斯安·

查理先生想要見她的妹妹蘿蘭德。」

「然後呢？」

「然後，他混進了被槍聲吸引來的人群中，在秩序恢復之前，想盡一切辦法進入別墅。」

「你確定是這樣嗎？」

「我在醫院詢問的人的證實了這一點。」

「他跟你在同一時間進入別墅可能是巧合嗎？」預審法官對菲利斯安說道。

「我沒有留意。」菲利斯安回答。

「你什麼都沒注意到嗎？」古索重新問道。

「什麼都沒有。」

「眞是奇怪。有人看到你和他說話。」

「這有可能，我和在場的憲兵以及圍觀的人都交談過。」年輕人鎭定自若地答道。

「那你沒有注意到一個高大的男子，看上去像個落魄畫家，他打著白點的大花結領帶？」

「沒有……或許有……我不知道……我當時十分慌亂。」

沉默了一會兒之後，古索隊長繼續問道：「你住在與在場的這位達斐尼先生別墅相連的小屋裡？」

「是的。」

「你認識那位園丁嗎？」

「當然。」

「那麼，這位園丁聲稱，昨天在槍聲響起的時候，你正坐在外面……」

「確實如此。」

「而且你是與一位來見過你兩三次的先生一起坐在那的。這位先生不是別人，他正是我們的受害者。剛剛園丁已經去醫院指認出他。」

菲利斯安漲紅了臉，他擦了擦額頭，遲疑了一會兒回覆道：「我不知道是他。我再跟你重申一遍，我當時十分混亂，我不知道他是否跟著我來到鐵線蓮別墅，也不知道昨天他是不是和我一起站在人群裡。」

「你的朋友叫什麼名字？」

「他不是我的朋友。」

「無關緊要！他的名字叫什麼？」

「西蒙．洛里昂。有一天我在湖邊畫畫的時候他來與我搭訕。他告訴我他也是畫家，但目前他不知道可以將他的畫用在何處，他在找工作。此後，他想讓我將他引薦給達斐尼先生，我答應了他。」

「你經常見到他嗎？」

「見過四、五次。」

「他住在哪？」

「只知道他住在巴黎，其他的我就不清楚了。」

年輕人很快恢復了沉著，預審法官喃喃道：「他所說的還算合理。」

但古索依然毫不放鬆。

「那麼，你昨天見過他嗎？」

「見過，在我居住的小屋附近。我以爲達斐尼先生快要回來了，西蒙・洛里昂過來見他。」

「晚點之後，當我命令人們離開花園後呢？」

「我沒有再見過他。」

「可是，他繼續在池塘邊的別墅外面轉來轉去。他在隔壁的一個小酒館吃了晚飯，有人幾乎可以確定昨天晚上在附近看見過他。他消失在黑暗中。」

「我對此毫無所知。」

「那你昨晚做了些什麼？」

「我在屋子裡用過晚餐，如同往常一樣幫達斐尼先生看門。」

「接著呢？」

「接著，我看了會書，就睡覺了。」

「那時是幾點？」

「快十一點了。」

「你沒有再出門嗎？」

「沒有。」

「你確定嗎？」

「我確定是這樣。」

古索隊長轉身朝向他已經審訊過的四個人。其中一位上了年紀的先生走上前來。

古索對他說道：「你住在隔壁的別墅，對吧？」

「是的，在菲力浦・加弗爾先生花園的外邊。」

「你別墅的一邊是臨著一條公用的小路，這條路是通往池塘的？」

「是的。」

「你跟我說過，半夜快要十二點四十五分的時候，你走到窗戶前透氣，你看到有人在池塘上划船，他將船停在通道的盡頭。這個人將你家的小船拉近並將它繫在了平時你用來繫船的木樁上。他划的就是你的那條船。你認出了那個划船散步的人，對吧？」

「是的。雲被吹散，月光灑在了那個人的臉上。但他很快就隱入黑暗中。是菲利斯安・查理先生。他在通道上逗留了很久。」

「接著呢？」

「接下來的事情我就不知道了。我上床睡著了。」

「你確定就是現在在場的這位菲利斯安・查理先生？」

「我想我能夠確定，我並不擔心認錯。」

古索隊長對菲利斯安說道：「這麼看來，你並沒有上床睡覺，而是一整夜都在外面？」

菲利斯安堅定地回擊道：「我並沒有離開我的房間。」

「如果你並沒有離開房間，怎麼會有人看到你從船上下來並站在那條小路上，而且賀瑪先生怎麼會供認攻擊他的人是從這條小路裡出來？」

「我沒有離開房間。」菲利斯安重複了一遍。

魯斯蘭先生一直保持著沉默，有些尷尬地看著這個曾同桌共進午餐的年輕人，他的辯駁是如此糟糕。他望向勞爾・達斐尼，他也一言不發地聽著，一邊若有所思地望著菲利斯安。

勞爾立即插嘴說道：「隊長先生，在調查確認所有這些道聽塗說以及它們的實際意義之前，我是否能夠問一下你想從菲利斯安・查理那兒得到些什麼？」

古索回嘴道：「我沒有其他目的，只是想收集事情的眞相。」

「隊長，根據我們已經揣測到對眞相的大致想法，我們便能將這些與眞相相關的因素彙聚起來。」

「我還沒有任何想法。」

「並非如此。依目前的情況，從你的審訊中可以得出：第一，你特別關注第二件悲劇，也就是說，鈔票被竊和發生在夜間的兩起襲擊；第二，菲利斯安那天晚上在外面划船進入桔園的花園尋找裝有紙幣的灰色袋子，接著在凌晨一點左右埋伏在黑暗中，以便在一會兒之後能跟蹤死者的未婚夫，傑羅姆·賀瑪先生，並出於我們不知道的目的襲擊了他。你內心顯然在懷疑他是否也是攻擊另外一位傷者西蒙·洛里昂的兇手。」

「我什麼也沒懷疑，先生，我不習慣別人質問我。」古索冷淡地回答道。

「我只想指出你的懷疑似乎想要將菲利斯安·查理和西蒙·洛里昂連繫起來。」勞爾·達斐尼繼續說道，「如果他們相互勾結，菲利斯安·查理又怎麼能同時成爲西蒙·洛里昂的同夥和攻擊者呢？」

古索並沒有回答。勞爾聳了聳肩。

「這些假設站不住腳。」

那位隊長的沉默讓對話終止於此。在臺階上，儘管身著喪服卻依然美麗動人的蘿蘭德聽到了整個對話。

她抓著她叔叔的手臂，他們打算去醫院探望傑羅姆·賀瑪。

勞爾沒有再說下去。一會兒之後，他對菲利斯安說：「我們走吧。」

他向預審法官道別後便離開了。

一路上，勞爾・達斐尼一言未發。走到別墅大門後，他將那位年輕人帶到起居室後面的一個小工作間，位於花園裡用籬笆隔開的一個小角落。

他讓他坐下，對他說道：「你從來沒有問過，我爲什麼會寫信給你，讓你來見我。」

「我不敢問，先生。」

「那麼，你知道我爲什麼要讓你住進這棟別墅並裝修它嗎？」

「不知道。」

「你不好奇嗎？」

「我害怕我這樣做會很冒失，你也沒有問過我。」

「並非如此。我詢問過你的過去，你告訴我說父母已經去世多年，你的生活非常艱難。但我察覺到你有所保留，你在極力隱瞞自己的情況，因此我沒有深究。此後，你和我，我們沒有再交談過，總之，我完全不瞭解你，今天……」

他頓了頓，看上去猶豫了一下，突然之間總結道：「今天，你似乎被牽扯進一件糟糕的事件裡，至少你很難解釋你在裡面扮演的角色，也可能你本身對此毫不知情。你願意毫無保留地跟我談談嗎？」

菲利斯安解釋道：「你應該知道，先生，我是多麼感激你爲我所做的一切。但我無話可講。」

「我並不生氣你的回答，」勞爾說。「在你這個年紀，以及你所處的環境中，應該會想要靠自己擺脫困境。但如果你眞犯了什麼事，只會罪有應得。不過如果你是無辜的，命運會補償你的。」

菲利斯安站了起來，走近勞爾・達斐尼。

「那你是如何看待這件事的，先生？」

勞爾盯著他好一會。這位年輕人目光閃躲，臉上缺乏眞誠。他答道：「不知道。」

伊莉莎白・加弗爾的葬禮在第二天舉行。蘿蘭德勇敢地走到墓地前，目不轉睛地盯著打開的墳墓。

在棺材上，她伸出手，低語著其他人幾乎無法聽清的話，當然，她絕望地對她姐姐說著話，並向她發誓她會永遠記得她。

她過去挽住她的叔叔。他正在與魯斯蘭先生長談。他讓人難以忍受，一刻不停地堅持說著：「袋子裡面沒有任何錢，法官先生，只是一些珍貴的資料和信件。我要求司法介入搜查這個裝著這些東西的袋子。因此，我會在出發去南部之前擬一份訴狀到檢察院。」

勞爾・達斐尼在池塘邊散步，接著，他坐到一塊石頭上，讀完了當天早上的報紙。

顯然，其中某家報紙的某位聰明大膽的記者昨晚躲在了某個不爲人知的地方聽到並看到了一切，報導了預審的所有細節並詳述了古索對菲利斯安・查理進行的混亂審訊。

「要在這樣情況下進行調查！」達斐尼心情糟糕地抱怨道。

他回到自己的別墅，看見菲利斯安正在工作，他走進房子，穿過門廳，走進一間小房間，他喜歡待在這兒思考問題和胡思亂想。

一個沒戴帽子、穿著一條非常簡單的連衣裙、脖子上圍著一條紅色方巾的女人在那兒等他——一個陌生女人，站在那兒，極美的臉龐上充滿各種痛苦的表情，夾雜著痛苦、慌亂、憤怒和敵意……

「妳是誰？……」

「西蒙・洛里昂的愛人。」

chapter 5

芙絲汀・柯蒂娜與西蒙・洛里昂

她說出這句話時充滿敵意，彷彿是勞爾・達斐尼給西蒙・洛里昂帶來了所有這些不幸。勞爾對她說道：「我猜想妳已經看到今天早上法國迴聲報上的文章了，上面指控了我的客人——菲利斯安・查理。妳不知道去哪兒找他，所以妳就來找我了，對吧？」

首先，讓他十分驚訝的是，那位年輕女子的怒氣爆發了，滿是哽咽和驚恐的怒火表露了她粗暴、陰鬱以及有時不能自控的本性。

「我愛的那個人已經消失三天了，我漫無目的地找了他三天，我像個瘋子一樣到處找他。今天早上，我十分驚恐地得知他成爲了一起事件的受害者。在報紙上我看到了他的名字……他受傷了，生命垂危。他有可能現在就會死去……」

「那麼，妳爲什麼不去醫院，要來這裡？」

「在去那兒之前我想來見你。」

「爲什麼？」

她沒有回答這個問題。她怒氣騰騰、傲慢地走向勞爾，大聲說：「爲什麼？因爲你是這一切的主謀。是的，是你！整個事件都是你的傑作，只需要看報紙就知道了。菲利斯安・查理？一個無關緊要的幫兇。主謀是你！你就是那個策劃整個事件的人，是你！我的直覺告訴我就是這樣……我一看到報紙，就對自己說：『就是他！』」

「誰，我嗎？妳根本不認識我。」

「不，我認識你。」

「妳認識我——勞爾・達斐尼？」

「不，你是亞森・羅蘋！」

勞爾愣住了。他沒有預料到她的攻擊，也沒有預料到她會直接說出他的眞實姓名，以及她的辱罵。這個女人是怎麼知道的？

他突然間抓住她的手。

「妳說什麼？亞森・羅蘋……」

「哦！不要否認了！沒有用！我早已經知道這件事。西蒙常常跟我談起你，以及達斐尼這個名字下面隱藏的眞實身份！……上週的某個夜裡我甚至還來過這裡，你當時並不在家，也沒有任何人知道……他想讓我看看亞森・羅蘋的住所。啊！我早已提醒過他：『不要試圖去認識他。那會給你帶來不幸。你想從那個冒險家那兒得到什麼？……』」

她將緊握的拳頭伸向勞爾。她用因爲蔑視而顫抖的聲音和目光辱罵著他。勞爾任由她辱罵，顯得無動於衷。這個奇怪的故事是從哪兒來的？他在醫院見過西蒙・洛里昂，但他並不認識他。西蒙・洛里昂想要認識他是出於什麼目的？他是如何猜到勞爾・達斐尼就是亞森・羅蘋？他是如何得知這個祕密的？

勞爾知道那位年輕女子不會告訴他答案，至少她不願意告訴他。她有一個固執的額頭和一雙堅定的眼睛。儘管她激動地、一動不動地直立著，但她稍顯粗野的魅力絲毫未減，她的姿態中帶著一股不可思議的高貴。她懂得——也許是本能也許是習慣——利用她的美貌並且突出它。柔軟輕薄的絲質短上衣勾勒出她身體的輪廓，呈現著雙肩優美的線條。

勞爾毫不掩飾的欣賞讓她臉紅起來。她蜷縮進一張扶手椅中，兩臂交叉著用手緊貼著雙頰。她半掩住自己，突然虛弱地哭泣起來。

「你不會相信他對我意味著什麼……他是我全部的生命……如果他死了，我也會跟著死去……我從沒愛過其他人……我臣服於他……只要給他帶來一點痛苦我就可能會痛不欲生……。而且，他也深深地愛著我……只要有錢，我們就會結婚然後離開……是的，離開……」

動。

「誰阻止你們了？」

「他要是死了呢？」

這個死亡的念頭使她重新跳了起來。她在短短幾秒鐘的時間裡胡思亂想，情緒變得越來越激動。

她撲向勞爾。

「你會殺了他……我不知道你要怎麼下手……但是你會的……我會用科西嘉島上的方式進行復仇。我會在他確定恢復或死去之前就復仇。他挨的那一刀來自亞森・羅蘋。你的名字，我會到處宣揚……是的，我會去警察局告發你。一刻也不會等！大家得知道你是誰……亞森・羅蘋，那個惡棍、小偷……亞森・羅蘋！」

她打開門想要逃跑，像一個瘋子一般怒喊。他用手捂住她的嘴，強行將她帶回房間。他們激烈地扭鬥起來，她野蠻地反抗著。他抓住她的雙手，將她推進扶手椅中按住。但當他感覺到她顫動著被壓制住，卻依然憤怒並仇恨地搖晃想要掙脫，他有那麼一刻的恍惚，想要用力抱住她。

他立即站起身，對自己這個愚蠢的行爲大爲光火。然而，她狂怒地大笑起來。

「啊！你也一樣！你也像其他人一樣！對女人……都靠著把她抓住來擺脫她……就像抓一個小女孩那樣……當然囉，羅蘋以爲他能得到一切！……所有女人都是屬於他的……啊！華而不實的人，只要你敢碰一下我的嘴唇，我就會像殺一條狗那樣殺了你。」

勞爾被激怒了。

「夠了！妳既不是來揭發我，也不是要殺了我，對吧？說吧，混蛋！妳想要什麼？說吧！」

他重新抓住她的雙手，他面對著她，用顫抖的聲音一字一句地說道：「我與這樁事件無關……並不是我攻擊西蒙・洛里昂的……我向妳發誓不是我……說吧……妳想要什麼？」

「我想救西蒙。」她完全被制服住，喃喃地說道。

「好吧，他一有好轉，我就會讓他消失，什麼都不用害怕。他不會進監獄的。」

她顫抖起來。

「進監獄，他！他什麼都沒做爲什麼要進監獄！他是一個誠實的男人。不，只有我才能救他。我一個人就能救他，照顧他。」

「所以呢？」

「所以，我想在那個醫院裡工作，寸步不離地日夜照看他。除了我以外，沒有其他任何人能照顧他。必須從今天開始……馬上就開始。」

他聳聳肩。

「爲什麼不一開始就告訴我這些，而是花時間毫無目的地指控我？……」

「那麼，一言爲定？」她激動地問道。

「是的。」

「馬上就開始，對吧？」

他思索了一下，答應她：「是的，我會去見醫院的醫生。我會安排好一切以便他無法拒絕，而且讓他祕密進行。只是必須用我的方式去進行。妳的名字叫什麼？」

「芙絲汀……芙絲汀・柯蒂娜。」

「妳在醫院上班時換一個名字，對於妳和西蒙・洛里昂的關係不要透露一個字。」

她仍在懷疑。

「如果你背叛我們呢？」

「走吧。」他不耐煩地說著一邊將她推向小花園。

這一小塊地是通往車庫的，司機不在那兒。勞爾打開了一輛雙輪輕便馬車的門，命令道：「取下妳的紅絲巾，以免引起別人的注意。上車。」

她上了馬車。

他從別墅的另外一個出口出去並朝塞納河駛去，他穿過佩克，馬車迅速地翻過山坡。

「我們去哪兒？」她說，「如果這是一個陷阱，你就死定了！」

他沒有回答。

他在聖日爾曼大街的一家大型服裝店門前停了下來，買了一件護士穿的罩衫和口罩。

一小時後，她打扮成護士的摸樣走進了醫院，特別負責照看那位傷者。西蒙・洛里昂被高燒折磨，傷口使他精疲力竭，他並沒有認出她。

而那位愛人臉色慘白，緊張不已，護士服底下的身體僵硬，她聽著人們給她的指令，低語道：

「親愛的，我會救你的……我會救你……」

從醫院出來時，勞爾遇見了蘿蘭德・加弗爾，她剛剛將從伊莉莎白墓地上採摘的花朵拿到傑羅姆・賀瑪的房間。傑羅姆健康狀況有所好轉。他與蘿蘭德抱頭痛哭。燒已經降下來了。員警明天會對他進行審訊。

她與勞爾一起走著，他問道：「妳想過了嗎？……」

「我一直在想著這事。想要找到眞相的欲望一直支撐著我。」

「到目前爲止，想到什麼了？」

「到現在爲止，還沒有任何頭緒。我在我的記憶和伊莉莎白的記憶中找尋。但是毫無所獲。」

他們走到了鐵線蓮別墅，她給他看了她姐姐的日記。幾個月以來，上面只記錄了愛情溫柔緩慢並洋溢著幸福地滲透進這位年輕女孩的心，有時會帶有病痛的憂傷，病後康復期裡這位幸福的未婚妻變得快樂。

「請你看一下最後一頁。」蘿蘭德說，「她是多麼平靜和無憂無慮啊！他們之間和他們日後的幸福都不存在任何障礙。」

別墅外面，魯斯蘭先生在現場完成了最後的調查。他對朝他走過來的勞爾做了個手勢：「對那位年輕的菲利斯安非常不利。」

「哪方面呢，預審法官先生？」

「控告的罪名變得確定了。那位僕人愛德華向我提供了最新證供，你的園丁也被牽扯在內。十五天前，快接近傍晚的時候，愛德華來到你的別墅與他的朋友聊天。他們在分隔花園和預留給園丁的小塊地的籬笆附近閒聊。然而，在交談中，他們談論到這兩位小姐的叔叔，僕人愛德華說起了菲力浦・加弗爾先生的閒話。

「他說：『一個積聚錢財的傢伙，積聚錢財！……簡直就是一個守財奴！他經常逃稅漏稅。我知道他現在在家裡藏了一些鈔票……那會給他帶來危險的。』

「然而，一會之後，他們透過籬笆看到一小團火焰，接著他們聞到了菸草的味道。有人點燃了香菸，坐在那邊的是……菲利斯安・查理和西蒙・洛里昂，他們聽見了整個對話。」

勞爾問道：「你是怎麼知道的？」

「我剛剛與菲利斯安・查理談過，他並沒有否認。」

「你已經作出了結論？」

「噢！一個預審法官不會就這樣作結論。在這之前，還要經過一些步驟。我們是否應該要這樣認爲，他們兩個中的其中一個人有了犯案的念頭，而且讓巴特雷姆去執行，這個老傢伙向來是他合作的共犯……」

「然後呢?」

「然後，接下來的那天晚上，灰布袋子被偷，接著被弄丟了，再接著他們中的其中一個在花園裡找到了那個袋子，兩個朋友手持匕首爭搶起來。」

「那傑羅姆・賀瑪在這一切中扮演什麼角色?」

「打擾到兩位悲劇演員的路人，所以他們把他解決了。」

第三天，勞爾得知西蒙・洛里昂的病情加重。他連忙去了醫院。魯斯蘭先生以及古索隊長都已經到了。在不遠處芙絲汀背對著他們。勞爾看見她的臉僵硬而絕望。

西蒙・洛里昂發出嘶啞的喘氣聲。有一刻，他坐在他的床上，目光清醒地環視了在場的人。他看到他的愛人，朝她笑了笑。

然而，垂死的陰影再次籠罩住他，慢慢地變得像一個呻吟著的孩子，發起了譫語。人們聽到了這樣一些話:「藏東西的地方……老傢伙找到了那個袋……然後……我去找了……我不知道……菲利斯安……」

他重複了好幾次:「菲利斯安……菲利斯安……極其完美的一刀……菲利斯安……」

接著，他倒在了枕頭上，已經毫無生氣。

長時間的沉默。勞爾撞見了芙絲汀仇恨的目光。殺死她愛人的那個男人的名字不正是臨終者用眞切的聲音喊出的那個人嗎？

魯斯蘭將勞爾・達斐尼拉到門外，古索也跟著他走了出來，魯斯蘭對勞爾說道：「我很遺憾，達斐尼先生，菲利斯安・查理是你的客人。你要保護他。但是，事實上，證據十分有力……」

而勞爾看上去正在猶豫，芙絲汀的絕望縈繞在他心頭，考慮到菲利斯安被逮捕後，無論被判有罪與否，都能躲避她愚蠢的復仇行爲，因此他沒有反對。

「我無法反對，預審法官先生。菲利斯安應該在我家的小屋裡。」

勞爾的准許讓魯斯蘭先生下定決心：「古索隊長，你去帶他到拘留所，由我審理。」

chapter 6

雕像

晚上，用完晚餐之後，勞爾從僕人那兒得知對菲利斯安的逮捕已經在不爲人知的情況下祕密進行，他來到這個年輕人之前居住過的屋子。這棟屋子由一層帶有兩個房間的底層構成，一個用作畫室，另一個菲利斯安用作臥室，房間裡有一間浴室。

他坐在畫室裡，開著畫室門以及屋子的大門。夜晚慢慢地降臨，夜色越發濃重起來。一個小時後，他聽到花園的柵欄嘎吱作響，這個柵欄從未鎖住。有人一步一步小心翼翼地朝小屋走來，然後走到草地上，接著走上臺階並溜進等待室。

勞爾走過來見到了芙絲汀，她似乎認出了他，任由他將她帶向一把椅子，她跌坐到上面。

一會兒之後，她喃喃道：「他在哪裡？」

「菲利斯安？」

「在哪裡？」

「在監獄裡，難道妳不知道嗎？」」

她精神恍惚地重複著：「在監獄裡？」

「是的，妳不久前表現出的可怕仇恨讓我感到驚訝並憂慮。我讓他被抓進監獄，我做對了，不是嗎？」

她沮喪地說：「我不知道……我不知道……我在找……是誰攻擊了西蒙・洛里昂？……啊！如果我知道就好了！」

「妳認識菲利斯安嗎？」

「不認識。」

「那麼妳爲什麼來這兒？」

「爲了來質問他。我想知道到底是不是他……」

她說話聲音如此之輕，帶著濃濃的倦意，勞爾幾乎聽不清她在說什麼。他開口說道：「妳一定知道一些事情……比方說，關於巴特雷姆，員警目前還不清楚他的身份？以及西蒙・洛里昂？……員警在尋找他的住所，卻一無所獲。我們在蒙馬特的一些地方找到了他的蹤跡，一些不入流的畫家出入的咖啡館裡有人認出了他。他住在哪裡？他的證件又在哪？他和菲利斯安又是什麼關係？爲什麼我會被捲進這起事件？妳也聽到了西蒙的遺言……在他臨終發譫語時他自己認罪了：『藏東西的地方……老傢伙找到了那個袋……我去找了……』因此，他們是同夥……不是嗎？他們是共犯……菲利斯安也是。」

她搖了搖頭，似乎想要說西蒙並不是小偷，並且他從未向她提到過所有這一切。勞爾失去了耐心，他大聲喊道：「夠了！西蒙．洛里昂跟蹤我。在我周圍不懷好意地轉來轉去！回答我，芙絲汀。」

但回答他的只有無情的沉默。芙絲汀哭泣起來。她的臉頰流淌著絕望的淚水，她一邊擰著手掌一邊重複著她的痛苦。

「我從沒有愛過除他以外的任何人……他死了……我再也見不到他……他死了。誰襲擊了他？如果我不為他報仇的話我怎麼活下去？我必須為他報仇……我發誓……」

她一整夜都在哭泣，帶著復仇的誓言，吵醒了坐在離她不遠處的勞爾。早晨，教堂的鐘聲敲響了。是為死者做的彌撒。

「人們在為他敲鐘，」她說。「昨天，在醫院裡定下了這個時間，……我是唯一一個為他祈禱的人。我請求他原諒我還未能幫他復仇。」

她起身離開，步履堅定而有力，腿部修長，身姿曼妙。

這段時期，勞爾到達了生命中某個動盪的階段，有時候，退休的想法彷彿一個令人舒適的景象，呈現在他面前。並不是完全地隱退。他還太年輕，對於行動的渴望，使他對於冒險仍然擁有極大的熱情。但至少，遍布整個法國，在藍色海岸或諾曼第，在薩瓦或巴黎周邊，他會爲自己準備一些綠洲，在那些地方他可能的休養對他而言觸手可及。其中一個綠洲便是勒韋西內別墅。他像在其他地方休息的那樣安居於此，帶著一些從前的同伴，司機隨從，一位女廚和一些園丁和門衛，因爲他們過去的服務，他也給予他們一個安樂的晚年。可是，突然之間命運又一次將他扔進了一場可怕的戰鬥，一場他既不期待也不渴望的戰鬥。

放棄？他做不到。不管願不願意，他必須行動。無論如何，最關鍵的一點就是必須找出，他作爲一個無辜的人，作爲寧靜的勒韋西內裡愛好和平的公民是如何捲進這些與看起來他無關，甚至有可能是針對他的事件中。這並不能用偶然來解釋這一切，一定有什麼理由存在。但是事實又是什麼？怎麼能讓它們浮現出來？

勞爾將自己關在光明別墅一個多禮拜，沒有出門，沒有見任何人，拒絕了所有活動，只是閱讀所有報紙。他從報上得知菲利斯安最終被指控有罪，但還沒有收集到其他任何證據。

勞爾思考越來越多的問題就是他是如何被捲進這起惱人的事件中。他熱中於將之解決，建立假設，朝各個方向開闢簡單的道路，雖然期間不可避免地會通往各種阻礙和死胡同。

但他一直思索的一直是以不同形式提出的同樣的問題：

「我在所有這一切裡做了什麼？如果兩件慘劇是相互連結的——當然這已經毋庸置疑——但爲什麼我在其中一個事件中扮演了某個角色呢？爲什麼我在勒韋西內退隱會被擾亂？又是誰將它擾亂的？」

那天，他偶然間用最後這種方式提出這個問題時，他不由自主地答道：「誰？當然是菲利斯安！」

他補充道：「他怎麼會來這兒？我如此信賴德拉特醫生的推薦，以至於我沒有對他進行任何調查！他是從哪裡來的？他的父母是誰？我沒有迫使自己去瞭解？」

他查找他的通訊錄：**德拉特醫生，阿爾博尼廣場**。

他給他打了電話，醫生在家，勞爾馬上跳上汽車駛去。

德拉特醫生是一個乾瘦的老人，蓄著白色的大鬍子，儘管一大群人在等候看診，他依然立刻接待了勞爾。

「身體還好嗎？」

「身體很健康，醫生。」

「那麼，來找我是爲了什麼？」

「想要瞭解一件事。菲利斯安・查理是什麼人？」

「菲利斯安・查理？」

「你難道不看報紙嗎，醫生？」

「沒時間看。」

「菲利斯安是你六或八個月前向我推薦的那位年輕建築師。」

「的確，的確如此……我想起來了……」

「你對他的印象怎麼樣？」

「我？我從未見過他。」

「那麼，也是別人向你推薦他？」

「很可能是這樣……但是誰推薦的呢？讓我想一想……啊！我想起來了……你瞧，這件事非常可笑。當時，一位我非常喜愛的僕人……一個上了年紀，聰明謹慎的男人，他也幫我做一些祕書的事務。收到你最近寄來的卡片時，我讓他將你的地址記錄下來，他仔細地查看了這張卡片，似乎他認出了上面的筆跡，他大聲說道：『我想起來了，這位達斐尼先生，是一位非常優雅的先生。醫生先生，您可以向他推薦這位年輕建築師，我以前服侍過他的父母……我也曾向醫生先生您提起過他。』然後他自作主張打了一封信並讓我在上面簽了字。這就是整個事情的經過。」

勞爾問道：「他還在你這兒嗎，這位僕人？」

醫生笑了起來。

「我發現他偷了我很多錢，不得不將他辭退。不過，我從未看過如此絕望的哀求：『我求您，醫生。不要將我趕到街上……我會重新在這兒成爲誠實的人……我害怕離開您……不要趕我走。那樣一團糟的生活又會再度重演。』」

「醫生，他叫什麼名字？」

「巴特雷姆。」

勞爾連眉頭也沒皺一下，他早已經猜到是這個名字。

「這位巴特雷姆有家人嗎？」

「他有兩個兒子，都是無賴，他有天唉聲歎氣地告訴我，其中一個在賽馬場和格勒納勒區的酒吧間討生活。」

「他的兒子有來這裡看過他嗎？」

「從來沒有。」

「沒有人來看望過他嗎？」

「不，好幾次我撞見他與一位女人在交談，一個中等階級的婦女……纖瘦且相當漂亮。而且在一年半前的某一天，她有來找我，把我帶到附近的一個傷者那邊。」

「你能告訴我他是誰嗎？」

「這並不算洩露隱私，因爲報紙上已經報導了。他就是那位著名的雕塑家阿爾瓦爾，你應該聽過，他去年曾在美術展覽會上展出的一座令人驚歎的芙萊妮①雕塑？但是，」醫生邊笑邊說，「我希望你的調查並沒有隱藏著任何不良的企圖？」

勞爾滿臉思索地離開了。終於，他抓住了線索的一頭，找到巴特雷姆、科西嘉女人和菲利斯安之間的關聯，以及菲利斯安去到勒韋西內的理由。

打聽之後，勞爾來到了雕塑家阿爾瓦爾家，就在距離醫生家五分鐘遠的地方，他遞上名片。

勞爾在一個寬闊的工作室裡見到了一位還算年輕的男子，外表講究，有一雙黑色的漂亮眼睛，勞爾向他自我介紹道他是一位雕塑愛好者，前來法國購買藝術品。

他像一位眞正的行家那樣仔細地欣賞著工作室裡到處擺放的半成品、半身雕像、人體軀幹雕像、還未完工的側面像，同時，他也在不停地觀察著那位雕塑家。這個有點娘娘腔但優雅瘦弱的男子與科西嘉女人之間到底是什麼關係？她愛過他嗎？

他挑選了兩尊可愛的玉製小雕像。接著，指向一座用白布罩住的巨型雕像底座：「這個呢？」

「這件是非賣品。」雕塑家大聲答道。

「是不是就是你那尊著名的芙萊妮？」

「是的。」

「我能看看嗎？」

阿爾瓦爾揭開白布，當它展現在眼前的那一秒，勞爾驚呼了一聲，雕塑家以爲那是他情不自禁地讚歎。但他其實是認出，這座雕像毋庸置疑是芙絲汀・柯蒂娜，她的臉部形狀和表情，輕薄衣服底下的身體曲線。

他呆在原地久久無法言語，完全被這極美的景象迷惑住，他歎了一口氣：「太遺憾了！並不存在像她一樣的女人。」

「有像她一樣的女人。」阿爾瓦爾笑著說道。

「是的，但是，是通過像你這麼偉大的藝術家之手創作出來的。實際上，除了奧林匹斯女神和希臘著名妓女外，這樣的完美並不存在。」

「她眞實存在著，並非我憑空創作，我只是在複製。」

「什麼！這個女人是一個眞人模特兒？」

「是一個單純按件收費的模特兒。有一天，她來找我，告訴我說她爲我的兩三個同行做過模特兒。不過她的愛人對於此非常嫉妒，如果我同意，她想要偷偷前來，因爲她非常愛他，不想讓他感到痛苦。」

「爲什麼她要做模特兒？」

「需要錢。」

「那位愛人什麼都沒發現嗎？」

「他在監視著她，有天，她正在穿衣服，他強行衝進畫室，並且打了我。她去附近找來了醫生，我傷得並不嚴重。」

「你之後有再見過她嗎？」

「只有這幾天見過，她在爲她的愛人服喪，她向我借錢——爲了給他舉辦一個體面的葬禮。」

「她還會做模特兒嗎？」

「偶爾會做臉部模特兒。其他的不做，她向他發過誓。」

「那她怎麼過活？」

「我不知道，不過她並不是那種自甘墮落的女人。」

勞爾的視線久久地停留在美麗的芙萊妮上，喃喃地說道：「多少錢能讓你割愛？」

「它是無價之寶，是我這一生最偉大的作品，我從未對女人的美麗有過如此的衝動和如此的信仰。」

「你愛的是那個女人的美貌。」勞爾開玩笑地說道。

「我承認我的確渴望她，反正一切都是徒勞無功，她愛的是其他人。但我並不遺憾……至少我還擁有芙萊妮雕像。」

譯註：

①芙萊妮是西元前四世紀古希臘著名的妓女。她的美貌在當時非常出名，許多藝術家創作與她相關的作品，關於她最有名的故事，是她在因瀆神罪被審判時，在法庭上當眾露出自己的雙乳震撼了評審團，因而獲得無罪。

chapter 7

桑吉酒吧

現在，酒館招牌的木漆上寫著相當時髦的名稱「桑吉酒吧」，但人們依稀記得，幾年前招牌上寫的還是「老式小酒館」。但這兒依舊是人來人往的格勒納勒區的一條荒涼死胡同，它位於各個工廠的中心區域，那條著名的塞納河近在咫尺，這條河流流過巴黎其中一段最著名的景色——從巴黎聖母院到戰神廣場。

桑吉酒吧是這個街區的人常常聚集的地方，他們以賽馬或賭馬爲生，是跑馬場草坪的常客，另外一些則是暗中從事賽馬登記賭注的人，以及出售預測資訊的商人。

中午時分，工廠午休，酒館裡就會變得如火如荼，同樣的盛況也會出現在下午五點，帳目結算的時間。

晚上，這裡就變成了地下賭場。偶爾會發生打鬥，醉漢則屢見不鮮。而湯馬斯・勒布克在這有相當的地位。湯馬斯・勒布克瘋狂賭博卻總是能贏。他拼命喝酒卻極少喝醉。老實的臉上帶著冷酷的表情，頭腦冷靜，外表能幹，錢囊鼓鼓，穿著紳士，戴著一頂從未離身的圓頂禮帽，他被視爲精通自己「生意」的人。什麼生意？並沒有人明說。但我們可以從那天晚上他的行動得到很大的參考。

快到十一點時，一位臉色蒼白，雙腳發軟，看上去喝得爛醉的人癱倒在賭場的桌子上。他破破爛爛的外套雖然骯髒不堪，但仍可看出其精細的剪裁。襯衫上的領子雖然積滿污垢，但仍是件不錯的襯衫。那人雙手乾淨，下巴才剛剛刮過鬍子。但總之是一個落魄的傢伙。

他點了一杯酒：「來杯茴香酒！」

老闆懷疑的跟他說：「先付錢。」

那人掏出一個小本子，裡面夾著一些鈔票，他付了一張十法郎的小額紙幣。

湯馬斯・勒布克毫不遲疑地向他建議：「我們來玩撲克？」

並且，他立刻做了自我介紹：「我是湯馬斯・勒布克。」

那人帶著一些英國口音，以同樣的方式回應：「我是傑特曼，我不玩撲克。」

「那玩什麼？」

「埃卡泰牌。」

但不管是玩撲克還是玩埃卡泰牌的結果都一樣，於是傑特曼又再賭了一把。幾輪回合下來，他輸了兩百法郎。

此時，他付錢買了第二杯茴香酒，一口飲下。他想飲下的是那杯茴香酒還是他的惡運？他唉聲歎氣了起來。接著，他踉蹌著逃跑了。

人們稍稍有些不自在地爲湯馬斯的大捷鼓掌慶賀，而那位失敗的傑特曼贏得了他們的好感，他應該出身於上流社會。

隔天，他又出現在酒館裡，又輸了兩百法郎，十分悲痛地離開了。

第三天，他來的時候已經醉得不醒人事，他幾乎拿不住紙牌。人們非常清楚壓垮他的並不是錢，而是那一杯杯茴香酒，因爲他又開始唉聲歎氣，喃喃地說著一些模糊不清的事情，但其中幾個句子引起了湯馬斯·勒布克的興趣，他一杯接一杯地灌了他三杯茴香酒，並且盡可能讓他一直喝下去，儘管他已經無法承受這種混入了其他液體的酒。

他們搖搖晃晃地離開了酒館，坐在了埃米爾·左拉大街的一張石凳上，他們兩人在石凳上睡著了。

他們清醒後，有一搭沒一搭地聊了起來，湯馬斯·勒布克頭腦變得更加清醒，心中有了一個明確的目的，他用手環住同伴的脖子，變得熱情起來。

「玩得很開心吧，老兄？你喝多了，無意中說出了一些會讓你進監獄的事情。」

「我，被關進監獄！」傑特曼小心翼翼地抗議道。

「對呀！你在小酒館裡反覆提到勒韋西內事件什麼的？」

「勒韋西內？」

「是的，勒韋西內。警察已經在調查這個案件。報紙上也報導了這個事件。你在那偷錢了嗎？」

「你竟然敢這樣說。」

「難道你沒有偷？」

「沒偷，是有人給我的。」

「誰？」

「一個傢伙。」

「勒韋西內的人嗎？」

「是的。」

「到底是怎麼回事？你去過勒韋西內嗎？」

「去過。」

「什麼時候？」

「那個事件還沒發生前就去了。」

「你的話眞讓人聽不懂……你拿的難道不是失竊的錢？」

「不是。」

他們交談並爭辯了二十分鐘，傑特曼最後宣稱道：「沒錯，勒布克。我是在那事件發生後拿到錢的。」

「大概是十或十二天前？」

「應該吧。」

「那個傢伙叫什麼名字？」

「啊！這個我不能告訴你，勒布克。」

「你不能告訴我？」

「不能，那個傢伙禁止我告訴任何人。」

「爲什麼他要給你錢呢？」

「作爲報酬。」

「你已經做完某件事的報酬？」

「不是，是他需要我去做某件事的報酬。」

「什麼事？」

「我不知道。」

又開始沒完沒了的重新交談。兩位老兄在大街上拖拖拉拉地走著，他們走進了另一間酒吧，勒布克灌了兩杯茴香酒，傑特曼也照樣喝下兩杯。他們邊唱著歌邊離開了酒吧，來到了河岸邊。

他們走到馬路下層塞納河邊的河堤，邊上停泊著一些小艇。傑特曼癱軟在沙堆裡。湯馬斯去河邊洗了洗臉，他把手帕用水浸濕，爲傑特曼擦了擦臉。

他呼吸順暢了一些，湯馬斯焦急著想要得到他的答案。但是，他換了另一種方式，試著在這顆酒醉的大腦裡喚起一些念頭。

「我跟你說過……有人從勒韋西內的一棟別墅偷了一個裝有貴重物品的小灰布袋子。但那個袋子卻不見了。那麼，是有人給你五張鈔票要你將它找出來嗎？」

「不是。」

「不要否認，是一個打著圓點領帶的、身材高大的年輕人……」

「不對……沒有什麼袋子，也沒有什麼圓點領帶……」

「你在說謊！要不然，爲什麼有人會給你五百法郎？」

「那人並不是給我五百法郎。」

「那他給了你什麼？」

「五張千元鈔票。」

「五千法郎！」

湯馬斯・勒布克異常的興奮起來。五千法郎！事實上，他之前也能拿到這麼多錢，但不知道是怎麼回事，最後錢卻像水一般從他指縫中流走了。他呆呆地興奮起來，開始訴苦般地吐露著內心的祕密，像在抱怨般不知不覺地說了出來。

「聽著，朋友……他們像強盜般對待我……是的，那個巴特雷姆老頭和西蒙……你瞧……他們老是不讓我參與他們的事情。他們只命令我：『租一輛小型卡車，在夏圖橋那兒等我……事成之後，我們會與你會合……』但是，他們卻被殺了。不過這一切對我都已經無關緊要了，不用再提了……重要的是另一件事……」

在黑暗中，傑特曼一點一點地用一隻手撐起身體，眼裡沒有任何酒醉的迷茫，在夜晚隱約的微光中凝視著湯馬斯・勒布克流淚的臉。

「另一件事？什麼事？勒布克，你在說什麼？」他喃喃道。

「他們合夥進行的一次行動，」勒布克吞吞吐吐地說，「一次可怕的行動。我對此知道不少情況，但也並不是完全都知道。我知道他們要聯合起來對付某個人，但他們沒有告訴我那個傢伙的名字，他住在哪……要不然，我現在就能得到幾十萬法郎了……幾十萬法郎……啊！要是我知道就好了……」

「是的，……如果知道就好了！……我會很樂意幫助你。」傑特曼低語道。

「你會幫助我，對吧。」勒布克又開始唉聲歎氣。

「當然會，我能夠幫你。找一些人去查這些事……還有一些偵探事務所……」

「你有認識的嗎？」

「我有認識的嗎？我就是靠這個得到五千法郎的……」

「你跟我說是一個傢伙給你的。」

「是一個偵探事務所的人……他跟我說：『傑特曼，有位先生想要知道那位剛剛被關進監獄叫做菲利斯安的傢伙是誰。你去打探消息吧，如果你能爲他提供消息的話，你還會再拿到同樣的酬勞。』」

湯馬斯・勒布克驚跳了起來，菲利斯安這個名字將他從酒醉中驚醒。他問道：「你用什麼消息來換錢？用那個叫做菲利斯安的人嗎？」

「是的，那個被關在監獄裡的人，而且我會親自去見見那位先生。」

「那位給你五千法郎的先生？」

「是的。」

「你和他約好了嗎？」

「我會跟他的司機碰面，他會開車帶我去見他。」

「你們在哪裡碰面？」

「協和廣場，在斯特拉斯堡雕像前。」

「什麼時候？」

「三天後……禮拜四上午十一點。那位司機手上會拿張報紙……你看我能幫上你吧。」

湯馬斯・勒布克用拳頭緊緊地抵住頭，彷彿想要抓住他的思緒，使之成形，並理清它們。菲利斯安？……給了五千法郎的先生？……難道不正是一條線索嗎？

他問道：「這位先生他住在哪裡？」

傑特曼肯定道：「似乎是住在勒韋西內……是的……他住在勒韋西內……」

「他一定告訴了你他的名字吧？」

「是的……報紙上刊登的那個案件裡談到了他……好像是叫什麼塔貝尼……達斐尼……」

傑特曼的聲音聽上去十分疲倦，他沒有繼續說下去。

勒布克設法想將嘈雜的腦袋平靜下來並理清頭緒，所有這一切都還相當模糊。儘管，他仍無法理解他聽到的這個故事裡的矛盾之處，但他在黑暗中找到了兩、三個更爲肯定、更爲明亮的點，在這些點的周圍，他的想法正在盤旋成形。

傑特曼將頭靠在勒布克的胸口打起了盹。悶熱的夜晚在厚厚的雲層籠罩下越發濃重起來。靜止的小艇上折射的微光在河面上跳舞。河的另一邊，可以看到房子黑色的線條，以及幾乎整個特羅卡代羅街區和河上各座橋的橋拱。河岸上一個人也沒有。

湯馬斯・勒布克慢慢地將手探進傑特曼的外套和背心內，摸索著口袋，只有背心裡面的口袋用一枚安全別針別住（要將它打開是多麼困難！）他的手指感覺到鈔票那富有質感的紙張。他把它們拿了出來，別針的針尖深深地刺進手裡，使他不得不非常緩慢地移動。

這時，傑特曼醒了過來，也許完全沒有意識到發生了什麼，翻身側臥。勒布克不再被針刺到，用盡全力取出鈔票，然而就在這時，他的對手緊緊地將他想要掙脫的雙手抓在手中。

對手的反抗比湯馬斯預想的更加激烈，指甲深深地嵌入皮膚中，將其撕裂。受害者開始呼救。勒布克害怕了，他用盡全力地搖晃著他的敵人並將他拖到地面上。突然間，那個敵人精疲力竭，任由他抓住他。但憤怒的勒布克已經無法制止自己。酒醒了些之後，他意識到自己吐露了一些隱情，卻因不記得吐露了哪些祕密而怒火中燒。他終於將手從敵人的牽制中抽回，兩個人都如摔跤者一般跪倒在了河邊。勒布克環視了周圍。

沒有一個人。

他推了傑特曼一把，使他一腳踩空掉入水裡，受驚的傑特曼驚慌地不知所措。為什麼他要怎麼做？是為了搶劫他？還是為了阻止他與那位五千法郎先生的碰面呢？

勒布克看著他在水裡掙扎，旋即沉入水中，旋即又浮上水面，終於，他消失在水面上。

勒布克隨即返回了他的住所……

傑特曼在水底順著水流方向遊了一分鐘。確信不再受到勒布克監視後，他浮出水面，沿著河岸迅速地遊去。他在離格勒納勒橋不遠處上了岸。

他的司機就在旁邊等他。他坐上汽車，換下衣服，朝勒韋西內飛馳而去。

凌晨三點，勞爾回到了他光明別墅裡的床上。

chapter 8

湯馬斯・勒布克

案件並沒有任何進展。翌日，勞爾遇見了心情極佳的預審法官，就跟以往一樣，魯斯蘭先生有了種模糊的預感，這樁疑雲重重的案件很快就會被解開。

「你注意到了吧，」他說，「我們並沒有找到事件的關鍵。見鬼，完全一無所知！還有一些相連的點以及一些有待確認的線索。古索，他太自負了。而且，即便我像安妮姐姐一樣站在塔頂上①，也無法看清即將到來的會是什麼。」

「對那位巴特雷姆先生依然一無所知嗎？」

「沒有任何線索。我們對他的屍體拍了照，並刊到報紙上，但沒什麼回音。另外，巴特雷姆常常出入的只有那些非法經營的場所，那兒的人根本不願意協助調查。即使有人認出他的樣子，也只會保持沉默，害怕自己會被牽連。」

「也不知道巴特雷姆和西蒙・洛里昂之間的關係嗎？」

「一無所知。西蒙・洛里昂只是一個假名，我們查不出他的身份。」

「但是，已經查到他常常出入某些地方，有人在幾間咖啡館見過他……甚至，有家報紙爆料，他還和一個非常漂亮的女人在一起。」

「這一切都還不明確。至於那個女人，我們現在還沒有得到任何確切的資訊。這些人顯然躲在暗處，常常變換身份。」

「那我的那位年輕建築師呢？」

「菲利斯安・查理？他也充滿謎團。沒有身份證件，只有一本軍籍薄上面登記著詳細的體貌特徵，但在出生年月，出生地的欄目上塡著『無』。」

「他是如何回答的？」

「他對他的過去閉口不談。」

「那對於這次事件的供述呢？」

「還是矢口否認。『我沒有殺人。我沒有偷竊。』如果我強硬反駁他：『那你如何解釋這個？以及那個？』他便宣稱道：『我不需要解釋，都不是我做的。』另外，我們注意到他在你那裡工作的期間，沒有人給他寫過信。」

「確實如此，」勞爾說。「對他的生活和過去，我也一樣一無所知。我當時需要一位建築師和設計師。我的一位朋友，我已經不記得是誰，給了我他的名字和地址。是他借住的一個寄宿家庭地址，我給他寫了信，接著他就來了。」

「達斐尼先生，看來你也同意在菲利斯安・查理的身上，總是有著難以看清的謎團。」魯斯蘭先生總結道。

翌日，勞爾來到鐵線蓮別墅，僕人告知他，小姐在花園裡。

果然，他看到了她，她在房子前面安靜地縫著衣服，在她的不遠處，傑羅姆・賀瑪躺在長椅上看書，他還沒有痊癒，仍然在醫院裡接受治療，只是開始外出走動。他消瘦了許多，眼睛四周淤青，深陷的臉頰透露著深深的倦意。

勞爾只逗留了一會兒便離開了。他發覺那位年輕女孩發生了極大的變化，思想上的變化更甚於外表的變化。她彷彿被此事耗盡心力，對一切已經無動於衷。她只回答了他提出的問題。傑羅姆也沉默寡言。他告訴勞爾他就要離開這兒，醫生建議他這個夏天去山裡修養。此外，他也喪失了在勒韋西內逗留的勇氣，這裡的一切都會重新勾起他的痛苦回憶。

達斐尼在各個方面都碰到了障礙。先是毫無進展的預審。接著，這些人的沉默和不信任。菲利斯安・查理、芙絲汀、蘿蘭德・加弗爾、傑羅姆・賀瑪都自我封閉，保守著他們各自的祕密，或是拒絕說出他們的感受並找出眞相。

但週四上午，還要上演重要的一幕。湯馬斯·勒布克眞的會來嗎？會不會沒有任何直覺、任何思考使他察覺到傑特曼的眞實身份，以及試圖將他引向光明別墅的可疑方式？在這兩天裡，他清醒後的頭腦難道沒有發覺這個陷阱？

達斐尼希望不會。在約定的時間，他派他的司機到指定的地點，他確信湯馬斯·勒布克不會對一個酒鬼的胡言亂語起疑心，應該會準時來與他會面。一個更強有力地證明勒布克會來的證據是他殺害了傑特曼，他殺他不可能只爲了拿走他口袋裡的錢這麼簡單。

勞爾的確聽到了一陣熟悉的引擎聲，汽車駛進了花園。勞爾馬上走到辦公室，並吩咐僕人一些事後，坐著等他。他極其渴望並努力促成的這次會面就要開始。湯馬斯·勒布克——唯一一個能讓他瞭解用來對付亞森·羅蘋所暗中策劃的陰謀的人，也是執行巴特雷姆和西蒙安排好的計畫的人之一。湯馬斯·勒布克他來了。

勞爾將褲子口袋中的左輪手槍放到了上衣的口袋，在他觸手可及的地方。必須小心提防，他是個危險人物。

「請進。」他的僕人敲門時，他說。

門被打開。勒布克被帶了進來，他像是換了一個人，看上去出身更爲高貴，穿著乾淨的西服，褲子和頭髮上有一絲褶皺，帽子看上去很新。他筆直地站在那兒，挺著胸膛。

兩個男人對視了幾秒。勞爾馬上意識到勒布克並沒有認出他就是桑吉酒吧裡那位傑特曼，也沒有將被扔進水中的那位落魄男人和光明別墅的主人勞爾・達斐尼連繫在一起。

勞爾對他說：「你就是那位我通過仲介委託去查清菲利斯安・查理的人嗎？」

「不是。」

「什麼！……那你是哪位？」

「我是代替那個人的人。」

「爲什麼你要這麼做？」

湯馬斯宣稱道：「這裡只有我們兩個人嗎？沒人會打擾我們吧？」

「你害怕有人會打擾我們？」

「是的。」

「爲什麼？」

「因爲我要講的一些事，這個世界上只有一個人能聽。」

「誰？」

「亞森・羅蘋。」

勒布克提高聲音說出了這個名字，似乎他期待造成令人驚愕的效果。從一開始，他就展現出敵對的姿態，表現得咄咄逼人。他的語氣和態度都毫無疑問地表明了這一點。羅蘋不爲所動。在這同一個房間裡，芙絲汀也叫出了同一個名字，她與西蒙・洛里昂及湯馬斯・勒布克必定存在某種連擊。

他只是簡單地回答：「如果你是來見亞森・羅蘋，那你來得正好，我就是亞森・羅蘋。你是誰？」

「我的名字對你來說並沒有意義。」

湯馬斯・勒布克沒有料到勞爾會如此鎮定，他顯得有些狼狽，試圖尋找另一種方式發動攻擊。

勞爾拉響了鈴。他的司機走進房間。他對他吩咐道：「將這位先生戴在頭上的帽子取下。」

勒布克明白這是羅蘋給他的教訓，他頭上的帽子取下遞給僕人，被激怒地大聲嘲諷道：「貴族的禮儀，嗯？事實上，亞森・羅蘋……腐朽的貴族！……永遠腰纏萬貫。我不是這類人。我不是貴族，我也沒有錢。因此，請你放低你的姿態，這樣我們才方便交談。」

他點了一根菸，冷笑道：「這會使你不快嗎？每次我在跟侯爵或公爵談事情時候，他們都會了解到，我實在是一個大膽的傢伙……」

勞爾依然無動於衷，他回擊：「當我與侯爵或公爵談事情時，我會盡可能表現地禮貌。當我和一個賣豬肉的人交談時，我會……」

「你會如何？……」

「會以羅蘋的方式進行。」

羅蘋揮手將他嘴上叼的菸彈掉並突然說：「說吧，你想要什麼？我沒時間在這兒陪你兜圈子。」

「錢。」

「多少？」

「十萬。」

羅蘋驚訝地問道：「十萬！那你有什麼驚人的內幕來交換嗎？」

「完全沒有。」

「這麼說，你是在要脅我？」

「算是吧。」

「敲詐嗎？」

「完全正確。」

「那麼，如果我不付這筆錢的話，你會採取行動來對付我？」

「是的。」

「你要採取什麼行動呢？」

「我會告發你。」

勞爾搖了搖頭。

「計算失誤，這對我來說根本沒有用。」

「會有用的。」

「不會，你想怎麼做？」

「我會寫信給警察局。我要告發被捲入勒韋西內罪案的勞爾・達斐尼先生，他不是其他人，正是亞森・羅蘋。」

「然後呢？」

「然後，他們會將你羅蘋關進監獄。」

「再然後呢？你會得到十萬法郎？」

勞爾聳了聳肩。

「笨蛋！你只有在我沒被關進監獄，以及我害怕你會給我帶來不幸時，才有可能敲詐我，去找找看有沒有其他方法吧。」

「早就找到了。」

「什麼？」

「菲利斯安。」

「你有控告他的證據？他是偷竊的共犯？謀殺的從犯？他會被判入獄？被判死刑？但這跟我又有什麼關係呢？」

「如果你不在意，爲什麼要花五千法郎來打探他的消息？」

「這是另一回事。他是進監獄或是如何，我完全不在乎。你知道嗎？是我叫人來逮捕菲利斯安的。是我。」

沉默中，勞爾留意到那個男人的唇間浮現一抹微笑，他微微感到有些擔心。

「你在笑什麼？」

「什麼事？」

「沒什麼……只是突然想起了一件事。」

勞爾的擔憂消失了，他感覺到終於有某件事情要從過去浮現出來了，他預感到他馬上就會知道他與這個黑暗的事件存在怎樣的連繫。

「什麼事？說吧。」

勒布克一字一句地問道：「你認識德拉特醫生？」

「是的。」

「你的同夥曾綁架他到外省，爲當時在小旅館裡垂死的你動手術，並救了你的命②，對吧？」

「你知道這件事！」勞爾相當吃驚。

「還有很多其他事呢。正是這位德拉特醫生向你推薦了那位年輕的菲利斯安？」

「沒錯。」

「因爲德拉特醫生從來沒有聽說過他的推薦人，這次推薦是由醫生的一位叫做巴特雷姆的僕人在其中穿針引線，而他已經在桔園被殺了。」

「目前為止你說的這些，我早已經知道了。」

「耐心點，我很快就會說到。你有必要知道事件是如何發生的。那麼，正是巴特雷姆將菲利斯安帶進你家。」

「他與菲利斯安達成了約定？」

「當然。」

「這個小詭計是出於什麼目的呢？」

「是為了讓你給錢。」

「既然巴特雷姆死了，菲利斯安也已入獄，那麼行動已經失敗。」

「是的，但我要實現這個計畫。這就是我到訪的目的。」

「這也就是我不清楚的地方，實際上，這和我又有什麼關係？」

「耐心聽下去。我換種方式跟你講個故事，也就是以回溯的方式講這個故事。十五年來，巴特雷姆遠遠地監視著菲利斯安的生活，而那時菲利斯安正在為了取得建築師文憑而努力學習。之前，他曾是一家食品雜貨店的店員；在那之前，是某個政府部門的雇員；在此之前是外省的車庫的夥計。我們一直回到巴特雷姆在普瓦圖的一個農場裡遇到他的時候。菲利斯安在那兒和農場裡的孩子一起被撫養長大。」

勞爾對這個故事越來越感興趣，帶著些許的擔憂，他試圖想要知道勒布克想揭露什麼故事。他問道：「那麼，雖然菲利斯安拒絕在審問時提到這些，但他確實對他的身世毫無所知？」

「很可能是這樣。」

「但巴特雷姆是如何知道的？」

「透過那位農婦，她的丈夫當時剛剛過世，他成爲她的朋友。她偷偷地告訴他，有個夫人把一個孩子帶到她這兒，給了她一大筆錢作爲將來的開支。」

說不出爲什麼，勞爾・達斐尼開始侷促不安起來。他喃喃道：「這是哪一年的事情？」

「我不知道。」

「但可以從那個農婦那打聽到吧？」

「她已經去世了。」

「巴特雷姆，他也知道！」

「他也死了。」

「他告訴過你，你一定知道。」

「是的，他跟我提過一次。」

「那麼，告訴我，那個夫人？是孩子的母親嗎？……」

「不是他的母親。」

「不是他的母親！」

「不是，她綁架了他。」

「爲什麼？」

「我想是爲了復仇。」

「那個夫人長什麼樣子？」

「非常漂亮。」

「很有錢？」

「她看上去很有錢，她開車旅行。她說過會再回來，但卻再也沒有回來過。」

勞爾變得越發煩躁不安。

他大聲說：「好吧！她留下過什麼話嗎？孩子的名字叫什麼？菲利斯安？」

「菲利斯安，是那位農婦幫他取的名字……菲利斯安・查理，這兩個名字都是她幫他取的……有時用這個……有時用另一個……」

「那麼他眞正的名字呢？」

「那個農婦也不知道。」

「那麼，她還知道一些其他事情嗎？」勞爾大聲問道。

「也許……很可能知道……但她什麼都沒有說……」

「你說謊！我知道你在說謊。她一定還知道些什麼，而且她也有提過它們。」

「其他的事情她一無所知。但巴特雷姆與她住在一起時找到了相關的線索。那個夫人的汽車在離村莊十公里處拋錨了，她將它停在了臨近的城裡等待替換零件。修理廠裡的技師在一個坐墊下發現了一封信。那位夫人叫做卡里斯托伯爵夫人。」

勞爾驚跳起來：「卡里斯托伯爵夫人！」

「是的。」

「那封信呢？」

「巴特雷姆從技師那兒偷了回來。」

「你看過那封信嗎？」

「巴特雷姆讀給我聽了。」

「你還記得寫了些什麼嗎？……」

「裡面的內容不記得了。」

「那還記得什麼？」

「一個名字。」

「哪個名字？」

「孩子父親的名字。」

「說！馬上說他父親的名字叫什麼。」

「勞爾。」

勞爾衝向那人，緊緊地抓住他的肩膀。

「你說謊。」

「我可以發誓。」

「你在說謊！這一切都是你捏造的。勞爾這個名字並不能說明什麼。在法國有上萬個人叫勞爾。是哪個勞爾？」

「勞爾・德利梅茲……就像你的名字勞爾・達斐尼一樣，都是羅蘋曾使用過的名字。」

勞爾踉蹌了一下。他從前用的就是勞爾・德利梅茲這個名字！啊！多麼可怕！他生命中那段可怕的經歷從黑暗中突然湧現。有沒有可能菲利斯安是？……

他抗拒著這個假設並低聲說：「開玩笑！全是你虛構的。」

「我不可能虛構的出德利梅茲這個名字。」

「是誰告訴你這個名字？」

「巴特雷姆。」

「巴特雷姆是個騙子。我不認識他，他也不認識我。」

「並不是這樣。」

「那是怎樣！」

「他曾是你的屬下。」

「你在跟我胡扯什麼？」

「他曾經是你的同夥。」

「巴特雷姆？」

「那時他不叫這個名字。」

「那他叫做什麼名字？」

「奧古斯特・戴樂隆，是羅蘋冒充警局局長時，安排在內政部長辦公室的法警長②。」

譯註：

①安妮姐姐為法國童話故事《藍鬍子》裡的人物。在故事裡，藍鬍子即將殺害妹妹，安妮姐姐爬上塔頂，替妹妹瞭望遠方，第一時間回報著遠方情況與救兵的到來。

②參見亞森・羅蘋冒險系列04《奇巖城》。

③參見亞森・羅蘋冒險系列03《813之謎》。

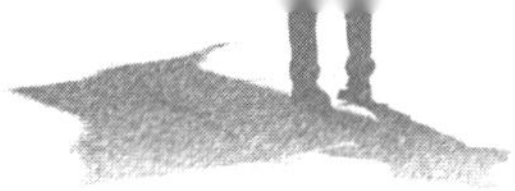

chapter 9

首領

勞爾低下頭。他回憶著從前。在他最初的冒險生涯裡，這位奧古斯特・戴樂隆曾是他最得力的夥伴之一，毫無疑問他參與了許多他最爲機密的行動。但從那次事件之後，他就再也沒有聽說過他了。

現在，奧古斯特・戴樂隆變身爲巴特雷姆並策劃了這整個陰謀來對付他以前的首領！

勞爾的態度使勒布克的膽量倍增。他勝利地宣告道：「現在我要二十萬法郎。一塊錢都不能少。」

並以更加親切地、高傲的口吻解釋道：「你很清楚，不是嗎？如果只與你有關，你當然可以……拒絕給錢。但與你兒子有關，哎喲，那就是另外一回事啦！否則，如果你不給我三十萬法郎……我說的是三十萬法郎，這個祕密完全值這個價，我就去預審法官那揭露菲利斯安的過去，並且用簡單的道理證明他就是勞爾・達斐尼的兒子，也就是亞森・羅蘋的兒子。很漂亮的一石二鳥對吧，嗯？達斐尼就是羅蘋，菲利斯安是羅蘋的兒子，他化名為德利梅茲男爵的時候娶了那位小姐……」

勞爾抬起頭，以專橫的聲音命令道：「住嘴！我不許你說出這個名字。」

但是勞爾已經在心裡喊出這個名字，那段悲慘的經歷在他的腦中再度甦醒，當時他對克蕾兒・德迪葛熱烈、動人的愛情，以及隨後他對約瑟芬・巴爾薩摩瘋狂、毫無節制的迷戀，約瑟芬・巴爾薩摩，卡里斯托伯爵夫人，那個殘忍、野蠻的女人……接著，在激烈的戰鬥後，他與克蕾兒・德迪葛結了婚。結局又如何呢？五年後，他們的孩子誕生了，取名為尙・德利梅茲，跟一般人一樣做了出生登記。但就在孩子出生的第二天，他的母親就死於難產，孩子也失了蹤，被卡里斯托伯爵夫人的手下給綁架了。

尙・德利梅茲是否被那個可怕的女人，那個滿腦子仇恨和復仇的妖怪託付給了普瓦圖的農婦？爲了紀念溫柔的克蕾兒・德迪葛，他曾四處尋找的這個叫做尙的孩子，難道就是那位看來可疑、陰沉，來他家計畫對付他的菲利斯安嗎？他是他的兒子，是他親手把自己的兒子扔進監獄嗎？

他試探道：「我還以爲卡里斯托伯爵夫人已經死了。」

「那又如何？那個孩子並沒有死，他就是菲利斯安。」

「你有證據嗎？」

「警察會找到的。」勒布克冷笑道。

「你有證據嗎？」勞爾重複了一遍。

「有證據，有非常確切的證據，巴特雷姆耐心地搜集了它們。到現在爲止，你不是看到了嗎？這是他人生中的重要一擊！他把那個孩子安排到你家，他就將你掌控在手心裡了。我今天來這兒做的正是他所樂見的，來到你面前警告你：將我從悲慘中拯救出來，否則我就會將你們扔進監獄，你和你的兒子……你和你的兒子！」

「你有證據嗎？」勞爾再次重複了一遍。

「巴特雷姆有一天給我看了他裝著收集來的證據的小袋子，是他這幾年的調查所得。」

「這個小袋子現在在哪？」

「我想他應該將它交給了西蒙的愛人，一個科西嘉女人，他與她相處地很好。」

「那個女人，我能見見她嗎？」

「很難，西蒙死後我也沒有再見過她，我想警察也在找她。」

勞爾沉默了很久。接著，他搖鈴叫來僕人。

「午餐準備好了嗎？」

「是的，先生。」

「多加一套餐具。」

他將勒布克往前推至飯廳。

「坐吧。」

勒布克顯得有些狼狽，任由他推著。他認爲交易已經談妥，他毫不猶豫地心裡盤算將數額定在四十萬法郎。遭受了始料未及的打擊而沮喪的勞爾・達斐尼應該不會斤斤計較。

勞爾吃得很少。即使他並沒有像他對手所料想的那般沮喪，但他非常擔憂。在他看來，問題極其複雜，他反覆考慮問題的各方面後得出了解決辦法。此外，這是一個雙重問題，因此，解決辦法也應該是雙重的。關於菲利斯安，他已經找到一個解決辦法。最緊要的是要找到應對湯馬斯・勒布克要脅的辦法。他們再度回到辦公室。

半個小時在沉默中過去。勒布克躺在扶手椅上，愉快地瞅著一支他從一盒哈瓦那雪茄中挑選出的大雪茄。勞爾來來回回踱著步，雙手放在後背，沉思著。

最終，勒布克明確地說道：「經過再三斟酌後，我要五十萬法郎。這個價格很合理。此外，我也採取了一些預防措施。如果你敢對付我的話，我的一個朋友就會把檢舉信投進郵局。因此，你已經無路可退，無法脫身。不要討價還價。五十萬法郎，一毛都不能少。」

勞爾沒有回答。他看上去十分冷靜，不再那麼若有所思，像是一個已經下定決心的人，沒有什麼能讓他改變主意。

十分鐘後，他看了看桌子上的小擺鐘。接著，他坐到電話機前，拿起話筒，轉動圓盤上的號碼。

電話接通後，他問道：「警察局嗎？請接魯斯蘭先生辦公室。」

電話馬上就接通了：「我是勞爾・達斐尼。是你嗎，預審法官先生？很好，謝謝你……是的，有新消息。我家裡，我手裡有一個人，他積極地參與了勒韋西內的慘案……不，他還沒有招供，但他現在的處境會迫使他招供……嗯！……是這樣……最好你派人來逮捕他……派古索隊長過來？好主意。噢！不用擔心。我不會讓他逃走。他已經被撂倒在地，綁住了……謝謝，預審法官先生。」

勞爾掛上電話。

湯馬斯・勒布克震驚地呆住了。他面色慘白，大驚失色，結結巴巴地說：「你瘋了嗎！你這是要做什麼？把我送到警察局……！這樣做的話，你也會跟菲利斯安一樣被抓進去。」

勞爾似乎沒有聽到。他已經開始行動，並繼續行動著，彷彿湯馬斯・勒布克並不在場，彷彿他只是按照計畫行事，與湯馬斯・勒布克毫不相關。所有這一切都只與勞爾・達斐尼有關，而不關湯馬斯・勒布克的事。

後者則拿出他的手槍，上子彈並且瞄準。

「這些瘋子，看來只能殺掉。」他說。

但他並沒有開槍，殺死達斐尼並不能達到他的目的拿到錢。另外，勞爾・達斐尼眞的會爲了將他弄進監獄而不惜冒險嗎？不。他只是虛張聲勢，或者是個誤會或錯誤。不管怎麼樣，還有半個小時的時間可以解釋清楚。

他點燃了第二根雪茄，開玩笑道：「演得很棒，羅蘋。你果然沒有辜負你的名聲，也與巴特雷姆跟我描述的相符。媽的，漂亮的反擊！但這對我沒有用。羅蘋，好好想想吧，你把我交給警察也只不過是交出一個想要敲詐他同類的傢伙，這個同類便是亞森・羅蘋。上當受騙的人將會是你。因爲，你甚至都不認識我！爲什麼你憑什麼認爲我會害怕警察？我？我像白雪一樣潔白，沒有任何罪名可以逮捕我。」

「那麼你爲什麼會臉色發青？爲什麼眼睛一直瞟向時鐘？」勞爾質問他道。

「你也比我好不了多少，老朋友，我再說一遍我是一個清白的人。」

「轉身看看，清白的人。拿起那把鑰匙打開寫字臺。很好。你看到架子上的那個卡片箱了嗎？把它遞給我。謝謝。我製作了許多這種卡片，它們不斷在增加補充，已接近完成。你的卡片就在這裡面。」

勞爾邊找邊數著首位字母的順序P、Q、R、S、T。「找到了，你在T格裡。」

「T格？」

「當然……我用湯馬斯進行歸類的。」

他拿起他的卡片，大聲讀到：「湯馬斯・勒布克，也就是賽馬賭注登記員湯馬斯。身高一七五公分，胸圍九十五公分。蓄著刷子般的小鬍子。髮線後退。面部表情粗俗，有時看上去非常野蠻。住所：格勒內勒，阿爾德福街二十四號，住在他的豬肉店老闆娘情人樓上。喜歡的香味：白丁香。他的衣櫃裡裝著兩條天藍色的絲綢短襯褲，四雙相同質地和顏色的襪子。我說的對吧，湯馬斯・勒布克。」

湯馬斯目瞪口呆地看著他。

「那我接著說，這個叫做湯馬斯・勒布克的人是落魄畫家西蒙・洛里昂的兄弟，這兩個人都是那位到桔園偷竊的巴特雷姆之子。」

湯馬斯・勒布克站了起來。

「這是什麼意思？這些都是胡說八道！」

「都是事實，員警迅速在你家，你的豬肉店老闆娘家，以及在你經常出入的桑吉酒吧進行搜查時確認了這些事實。」

「那又如何，」勒布克大聲說道，儘管他慌亂無比，卻還想繼續充好漢。「那麼，你想如何用這些來對付我？你認爲那裡面有可以控告我的證據嗎？」

「至少可以把你關進監獄。」

「那麼你也會一起被關進去！」

「不會，因爲這一切只不過是我爲你準備的犯罪記錄裡，表面的、無關緊要的部分，我們將它留在桌上直到古索隊長到達這裡。我還有其他更有力的證據。」

「什麼證據？」勒布克十分心虛地問。

「你的祕密來訪……某些細節……某些你犯下的罪行……我很簡單就能將警察引向它們。我掌握了這一切。」

湯馬斯·勒布克緊緊地握住他的手槍。他一點點地朝通往花園的落地窗退去，那裡離車庫很近。他結結巴巴地說：「無稽之談！……羅蘋的伎倆……沒有一個字是眞的。一個證據都沒有。」

勞爾眞誠地向他走去：「放下你的勃朗寧手槍……不要試圖逃跑……我們並不是在吵架！我們是在交談。而且，我們還有足足十五分鐘的時間。聽著。確實，我還沒來得及收集眞實的證據。但對於古索和他的同事而言要找到證據只是小事一樁。而且，還有些新情況。嗯？你知道我在指什麼嗎？就在三天前……這當然不是一個小過失！」

湯馬斯·勒布克臉色慘白。這件剛剛發生不久的可怕罪行他沒法不記得。勞爾明確地指出：「那位叫做傑特曼的勇敢男子，事務所雇傭他幫我進行調查，你還沒有忘記吧？然而，你怎麼會代替他來這裡呢？」

「是他要我來的……」

「並非如此。我已經打電話給事務所。他已經失蹤好幾天了……我也開始找尋他，我找到了桑吉酒吧，你所在的那個街區。週日凌晨，你們爛醉如泥地一起從那裡出來。從那之後便再無音訊……」

「這證明不了什麼……」

「並非如此，有兩個目擊者在河岸上撞見了你和他在一起。」

「然後呢？」

「然後？他們聽到塞納河邊傳來你們的聲音……你們在打鬥……那個傢伙喊了救命……我有這兩個目擊者的名字……」

勒布克並沒有反駁。他本應該想想爲什麼這兩個未曾露面的目擊者不介入他們的打鬥，沒有現身。但他什麼都想不了，他恐懼地屏息等待。

「那麼，是這麼回事吧，」勞爾開口說，他沒有給他任何喘息的機會，「你得向警察解釋一下你對你的同伴做了些什麼，他是怎麼淹死的。因爲他淹死了。昨天晚上我們已經找到了他的屍體……在挺遠的地方……希涅島沿岸。」

勒布克用衣袖擦了擦額頭上的汗。毫無疑問，他想起了犯罪時那可怕的一幕。看到那個酒鬼摔了下去，在黑暗的河水裡掙扎最後消失不見。然而，他仍試圖反駁：「沒有人知道……沒有人看見……」

「也許吧，但是很快就會知道。傑特曼那天上午事先告訴過他的老闆和事務所的同事：『如果我發生不幸，你們就去調查一個叫做湯馬斯・勒布克的人。我懷疑他。你們能在格勒內勒的桑吉酒吧找到他。』我就是這樣找到一些關於你的線索……」

勞爾感覺到他的對手已經完全被鎮住。他停止了一切反抗。湯馬斯・勒布克的精神完全被他控制住了。他完全無能爲力，無法思考，聽任勞爾的支配，他未經思考就接受了所有這些指控。他不僅爲他的罪行感到恐慌，而且嚴重的是，他在一個支配著他的人面前徹底敗下陣來。勞爾將手放在他肩膀上，讓他坐下。以眞誠的語氣寬容地說：「你逃不了，不是嗎？我的僕人們都在四周把守。相信我，你對付不了羅蘋。但如果你聽命於我，你就可以脫身，並且會過上好日子。但是你必須得樂意聽從我的命令，勇敢並坦誠。回答我。你在這有犯罪記錄嗎？」

「沒有。」

「有幹過偷竊和詐欺等骯髒事嗎？」

「一件也沒幹過。」

「沒有人懷疑過你，也沒有人會指控你嗎？」

「沒有。」

「沒有在警方那留下過指紋等記錄嗎？」

「沒有。」

「你能發誓嗎？」

「我向你發誓。」

「那麼，現在你就是我的人了。幾分鐘後，古索和他的同伴就會到達。你任由他們將你抓走。」

勒布克驚恐地瞪大雙眼反對：「你瘋了嗎！」

「你被員警抓了又會怎樣呢，既然你已經被我逮住，這還比較嚴重！只是換個做法這麼簡單。你為我效勞即可。」

「我為你效勞！」湯馬斯·勒布克大聲說道，兩眼放光。

「當然，你將得到一大筆錢！如何！我只有一個辦法能知道菲利斯安是否是我的兒子，只有問他才能知道！我無論付出什麼代價都要見到他。而且，如果他是我兒子，你以為我會將他留在監獄裡嗎！」

「已經沒有補救辦法了……」

「並非如此，他們現在還只是推測，並沒有有力的證據。逮捕了你之後，你的供詞將會摧毀他們一切指控。」

「什麼供詞？」

「你在老巴特雷姆偷竊的那天，以及西蒙被打傷的那個晚上做了些什麼？」

「接應他們，我租了一輛小型卡車，我在夏圖附近等，以便他們需要時，我能接應他們。一直等到半夜十二點半，我想他們走另一條路回去了，因此就離開了。」

「很好，你能證明你回去的時間嗎？」

「是的，因爲我把卡車還回車庫時和守夜的門房聊了幾句。那時已經過了半夜一點。」

「太棒了。你將所有這一切都準確地告訴預審法庭。你告訴他們你等在夏圖附近。但在半夜十二點之前，你聽好了，在十二點之前，你感到有些擔心，你來到勒韋西內的桔園附近查看情況，接著你走進了通往池塘的小路，你將小船拉了過來，划船去查看桔園前面發生了什麼。你既沒有見到老巴特雷姆也沒有看到西蒙，之後，你就返回車上。這樣就可以了。」

湯馬斯・勒布克仔細地聽完後搖了搖頭。「太危險了！他們會控告我是同夥。你想想。談到桔園以及划船查看情況，也就是說我知道整個計畫。」

「共犯頂多判個六個月的監禁。對你而言，關鍵在於能夠證明在你兄弟和傑羅姆・賀瑪遭到攻擊時，你已經回到巴黎。」

「是的，但是我至少得逃離這裡兩三年。而菲利斯安卻會因此被釋放。」

「確實如此。預審法庭只要不能確認被看到的那個划船的人是菲利斯安，就只能判定那是你爲了找尋那些錢而划著小船在桔園周圍打轉，因此通過不可靠的推測對菲利斯安的指控就不再成立。」

勒布克最後猶豫了一會兒，說道：「是的。只是……」

「只是什麼？……」

「就看你出多少錢了，我冒的險比你想像的要大。」

「你得到的錢也會比實際應得要多許多。菲利斯安被釋放時，你會拿到十萬法郎。你被釋放時還將得到十萬法郎。你將一次性拿到這兩筆錢。」

勒布克的眼睛眨個不停，他喃喃道：「二十萬……是一筆大數目。」

「這就是對誠實的回報。用這筆錢，你可以在外省或是國外買一家豬肉店。而且，正如你所知，羅蘋的承諾與法蘭西銀行的簽名一樣有效。」

「我相信。只是仍然可能會有一些複雜情況。」

「什麼樣的複雜情況？」

「他們會發現我過去的一些事情，並把我送進監獄？」

「我會幫你越獄。」

「不可能！」

「白癡！你父親他在內政部官邸當法警長時，我舉發了他，就在他被我公開舉發的那一天，我不也幫他逃出巴黎？」

「確實如此。但你有足夠的錢嗎？」

「孩子！」

「越獄代價昂貴。」

「不用擔心。」

「成千上百萬法郎！你要我被逮捕和越獄的報酬……很高。你確定有這麼多錢嗎？……」

「再轉過身去……把手伸到寫字臺的盡頭，就在放卡片箱的隔板上……摸到了嗎？」

湯馬斯·勒布克聽從他的指揮將手伸了進去，從裡面取出了一個灰布小包。

「這是什麼？那個灰布袋子……」他結結巴巴地說道。

「你瞧……我在布上劃了一道口子……你看到裡面那一疊疊的錢了嗎？這是加弗爾叔叔的，老巴特雷姆在桔園好不容易找到的。」

勒布克搖晃了一下，跌坐在椅子上。

「不……！不……！這不可能發生！」

「都是爲了好好生活，並且幫助那些處於困境中的夥伴。」勞爾嘲諷道。

「你是怎麼做到的？」

「很簡單！到達的那天早上，我馬上就想到西蒙·洛里昂應該已經在花園裡或其他地方找到了那個袋子，有人試圖從他那兒將它拿回來。我立即跑到他被襲擊的地方。我沒有猜錯。袋子滾到很遠的草地上，沒有人注意到……我可不想把它給弄丟了。」

湯馬斯·勒布克震驚了，他不敢再使用不禮貌的口氣：「啊！您才是眞正的老大。」

他自覺地伸出雙手。

「警察的車子馬上就要到了。把我綁起來吧，老大。您說得對，我願爲您效勞。子繼父業。我們想要對付您眞是太愚蠢了！」

「確實如此……然而，你的父親曾經是一個勇敢的男人……只是我知道他做的其他事，使他不可能成爲一個誠實的人。」

「是的，菲利斯安這件事使他非常煩惱。西蒙強迫他重抄舊業，並且又迫使他去桔園偷竊。他說：『偷竊，我可以接受，敲詐也很有趣，之後我們就會變得富有。但不要殺人，好吧？』」

「然而，他殺人了。他掐死了伊莉莎白・加弗爾。」

「您願意聽聽我的看法嗎，老大？老傢伙並不是有意殺她的。當女孩掉進水裡時，他追上她是爲了救她。是的，爲了救她……那老傢伙會衝動地這麼做。但當他將她從水裡救上來時，他看見那條珍珠項鍊，便喪失了理智。」

「這也是我的看法。」勞爾說。

外面傳來汽車的聲音。他又叮囑道：「記住，不要透露你父親的眞實名字。將這段內政部的老故事牽扯進今天的事件會將人們的目光引向羅蘋。我無法應付，在這整個事件中我的處境已經相當困難了。因此，小心點，一句話也不要偏離我們說好的版本。除此之外，不要再說一個字。毫無疑問，沉默是最好的回答。相信我，我的夥伴。」

他走向他，用朋友的語氣說：「還有一點，不用太擔心你殺害的那個傑特曼。」

「啊！爲什麼？」

「那個傑特曼就是我。」

湯馬斯・勒布克處於一種狂喜的狀態中，任由古索檢察官將他逮捕。偷走灰布袋子，完美地扮演傑特曼的膽色，以及知道他並沒有被自己殺死的驚喜……所有這一切都使他變得興高采烈起來。有了這麼一位保護者，他有什麼可害怕的呢？他原本來到光明別墅是爲了推翻羅蘋，現在他卻像是一個取得勝利的人一樣被帶走，並準備在司法面前再次取得勝利，爲他的恩人效勞。

「太棒啦，達斐尼先生，」古索隊長煥發著愉悅對勞爾說道。「這個人與我們的案件有關？」

「當然！他是西蒙・洛里昂的兄弟！」

「嗯！什麼？他的兄弟！是什麼奇跡讓你逮住他的？」

「哦！」勞爾謙虛地說，「這不是我的功勞，是這個笨蛋自己送上門的。」

「他想幹什麼？」

「敲詐我……」

「用什麼？」

「用菲利斯安・查理。他來告訴我他掌握了他兄弟西蒙・洛里昂的同夥菲利斯安殺害西蒙，搶奪灰色袋子的證據。並且，如果要讓他保守祕密的話，他要求我給他一大筆錢。作爲答覆，我打電話給了魯斯蘭先生。隊長先生，你好好審問他吧，我相信你將會得到有利於你辦案的證據。」

在被警察帶到門口時，湯馬斯・勒布克轉身朝向勞爾，假裝憤怒並仇恨地說：「好傢伙，你會爲此付出代價的！」

「當然，樂意之至！」

勒布克輕輕吹著口哨離開了。

勞爾聽著人們漸漸遠去的腳步聲，車子啓動了。

與平時相反，他並沒有做以往任何一個取勝後的動作。雖然，將湯馬斯・勒布克送進監獄是多麼漂亮的勝利！但他仍舊沉默寡言，陷入沉思。他在想菲利斯安，他正被關在單人牢房裡。他是他的兒子嗎？他能成功地將他救出來嗎？這位令人懷疑的兒子是巴特雷姆和西蒙・洛里昂暗中的同夥嗎？

chapter 10

我，卡里斯托伯爵夫人，我命令……

一個悶熱的週日，勞爾停在夏圖的一條街道上，夏圖是緊挨著勒韋西內的一個小城市。這條街上有一棟兩層樓的房子，花園緊臨著塞納河，提供一些附傢俱的出租房間。勞爾穿過女主人經營的咖啡館，走上二樓，沿著半昏暗的走廊走著，直到他看見五號房。鑰匙掛在房門上。他敲了敲門，沒有人回答，他悄無聲息地走了進去。

芙絲汀坐在破舊的鐵床上，一個衣櫃、兩把椅子和一張桌子，這就是小房間裡所有的傢俱，芙絲汀睡著了。

她並沒有離開勒韋西內，她難以平息的復仇意志讓她留在了西蒙・洛里昂死去的這個地方。她繼續留在醫院裡做助理護士，但醫院宿舍有限，於是她自己在外面租了一個房間，每天晚上都回來這裡睡覺，每個週日都把自己關在房間裡。

這天，她應該是邊縫著短上衣邊睡著了，她的肩膀裸露著，短上衣放在膝蓋上，她還拿著頂針和用來穿針的線。透過閣樓的小窗格，從花園樹木的頂端望去可以看到塞納河優美的風景。

她的周圍堆著許多展開的報紙，散落在床上和桌子上，她是如此地留心最近幾天發生的事情。勞爾遠遠地看到一些標題：

西蒙·洛里昂的兄弟被捕，首次審訊。

兩兄弟很可能是老巴特雷姆的兒子。

他重新注視著芙絲汀。比起那張安詳、純淨的美麗臉蛋，更吸引人的是她充滿熱情和活力的生命，讓她看來更爲動人。他想起了雕塑家阿爾瓦爾那令人驚歎的芙萊妮雕像。

這時，一道陽光穿過兩片雲層射了下來。他沒有移開視線，勞爾慢慢地靠近她，等待陽光落到她熟睡的臉龐和閉合的雙眼上。當她因爲陽光感到不適時，她慢慢睜開有著長長睫毛的雙眼。她還沒有完全清醒過來，勞爾就已經抓住她的雙肩，將她按在床上，用毯子把她裹住，使其手腳無法動彈。

「不要叫！不要說話。」他低聲說道。

「放開我！放開！」她呻吟道，被激怒的她試圖擺脫他的束縛。

他將他的手掌緊貼在她臉上。

「不要說話，我不是來與妳為敵。只要妳聽我的話，妳就沒有什麼好害怕的。」

她憤怒地反抗著，辱罵著他，儘管那隻緊緊按住的手捂住了她的嘴巴。漸漸地，她的反抗平息了下來，他俯身對她重複道：「我不是來與妳為敵……我不是來冒犯妳。我希望妳能聽我說，並回答我。否則，我只好對妳不利了。」

他抓住她的肩膀，將她向後推，彎腰靠向她，低聲說道：「我已經見過西蒙的兄弟湯馬斯・勒布克了。我和他交談了很久。關於菲利斯安他所知道的部分都告訴我了。剩下的部分，妳來告訴我。妳瞭解我的，芙絲汀，我不會讓步的。妳馬上說，聽到了嗎……要不然……不然……」

他的臉靠近了那張受驚恐懼的臉，芙絲汀將嘴唇避開勞爾正在逼近的雙唇。

「說吧，芙絲汀，說！」他變換著語氣說。

她看到勞爾近在咫尺的堅定雙眼，她感到恐懼。

「放開我。」她喃喃道，她已經被制服了。

「妳會告訴我嗎？」

「是的。」

「現在？……直截了當，不拐彎抹角？」

「是的。」

「以西蒙・洛里昂的名義發誓。」

「我發誓。」

他立刻鬆開她，走到窗戶前，背對著那位年輕女子。

她整理好衣服後，他又回到她的旁邊，帶著遺憾地注視了她一會兒，彷彿一個美麗的獵物從身邊逃走了，對話很快的進入正題。

「湯馬斯・勒布克認爲菲利斯安是我的兒子。」

「我不認識湯馬斯・勒布克。」

「但通過西蒙・洛里昂，妳認識了他的父親，老巴特雷姆？」

「是的。」

「他信任妳嗎？」

「是的。」

「妳對他的過去瞭解多少？」

「一無所知。」

「那西蒙・洛里昂的過去呢？他的計畫呢？」

「也不知道。」

「也不知道他們對付我的陰謀嗎？」

「不知道。」

「不過，他們告訴過妳菲利斯安是我的兒子。」

「他們向我提過。」

「沒有給妳看證據嗎？」

「我沒有跟他們要，這有什麼重要的呢？」

「對我來說很重要，」勞爾說道，他的臉變得有些扭曲。「我必須要知道他是不是我兒子。還是他們只是在偶然得知一些消息後演了這一齣戲？透過威脅我說出真相來勒索？我無法活在如此的不確定中……我不能……」

她像是驚訝於他顫抖的聲音中所包含的感情。但是，她仍然堅定地說道：「我什麼都不知道。」

「也許吧。但妳有辦法知道，或者說至少讓我知道。」

「要怎麼做呢？」

「湯馬斯・勒布克確信巴特雷姆將一個裝有相關資料的小布袋交給了妳。」

「是的，但是……」

「但是什麼？……」

「有一天，他在重新看過這些檔案之後，什麼話也沒說，就在我面前將它們燒掉了。他只留下其中一份，將它裝進了一個信封，並在信封上蓋上封印，交給了我。」

「他有什麼指示嗎？」

「他只是說：『將它保存起來，我們之後再說。』」

「妳能給我看一下嗎？」

她猶豫了。

「爲什麼不呢？」他堅持道。「巴特雷姆已經死了，西蒙·洛里昂也是。是湯馬斯·勒布克告訴我這一切的。」

她考慮了很久，額頭微微皺起，眼神渙散。接著，在衣櫃的一個抽屜中放有信件的吸墨水紙，她在這些信中，找到了那封信，她直接將它打開，從中抽出了一部分折成兩半的信紙。

她想要先確認一下紙上寫的那幾行字的內容，確認她是否應該交給他看。

她讀信的時候臉上出現了驚恐的表情。但是，她還是一言不語地將信紙遞給了勞爾。

上面寫著一行字——更確切地說，應該是兩行字——語氣像是某位獨裁者下達專橫的命令，某位強盜首領指使著他的下屬。字跡高傲、用力、厚重，並且每個字都特別強調。一看到這字，勞爾怎麼會認不出這個他曾經稱之爲魔女的字跡？又怎麼會認不出她一貫發布最爲殘酷命令時的那種粗暴、倨傲的方式？

他把這可怕的幾行字來來回回讀了三遍：

可能的話，把這孩子培養成一個小偷、罪犯。然後，用他來對付他的父親。

信末傲慢的簽名就像是用雙刃劍刻下的花紋。

勞爾蒼白的臉孔打動了那位年輕女人，那是一種難以吐露的痛苦，那股恐懼再度甦醒，過去所有的憂慮跟現在最為悲慘的威脅糾纏在一起而呈現的蒼白。此刻，她無比好奇，甚至帶有某種好感地注視著那張倍受折磨，並且極力自制的臉龐。

「仇恨……復仇……」他一字一句地說道，「芙絲汀，這些妳能夠理解……但是這個女人，她並不是出於仇恨和復仇……對她而言，那是一種對於罪惡的需求和快感……多麼傲慢惡毒的怪物啊！……如今，妳看到她的傑作了……為了對付我，這個孩子成為了罪犯……生活中沒有什麼能嚇倒我。但想到她的時候我會不由自主地感到害怕。想到又要重新開始那可怕的戰鬥……」

「過去不會重演……卡里斯托伯爵夫人已經死了。」

勞爾快速朝她走去，激動地幾乎要窒息：「妳說什麼？……她死了？……妳怎麼知道？」

「她確實死了。」

「我簡直不敢相信。妳見過她？妳認識她？」

「是的。」

他驚呼道：「妳認識她！怎麼可能！真是太奇怪了！雖然的確有那麼兩三次我懷疑過妳是不是

她派來的密使……妳是不是繼承了她的目的，繼續來毀滅我。」

她搖了搖頭。

「不，她什麼也沒告訴過我。」

「講給我聽聽。」

「那時我還是個小孩，十五年前……一些人將她帶到科西嘉島上我的村莊裡，並將她安置在一棟小房子內。她已經差不多瘋了，雖然如此，但卻安靜、溫和……她親切地帶我去她家。她從來不說話……常常哭泣，任憑眼淚流淌。她還是非常美麗……但疾病很快耗盡了她的精力……六年前的某天……我在她死去的床前爲她守了靈。」

「你說的都是眞的嗎？是誰告訴你她的名字的？」他情緒激動地問道。

「村子裡的人都知道……還有……」

「還有？……」

「我從老巴特雷姆和西蒙·洛里昂那兒都聽過她的名字，他們到處在找她，最後在她死之前，在科西嘉島找到了她。就是在那幾週的時間裡，我和西蒙相愛了。他把我帶到了巴黎……」

「他們爲什麼要找她？」

她遲疑了一下後，解釋道：「我已經告訴過你，我對西蒙以及他父親的計畫一無所知……到今天我才知道他們在做一些壞事，但是他們隱瞞了我；而我通過一些片段訊息，一點一點地猜到了菲利斯安的故事……不是全部，因為他們自己也不是全部都清楚。」

勞爾問道：「巴特雷姆眞的是在普瓦圖的一個農場裡找到他的嗎？」

「是的。」

「卡里斯托開車將他送到那裡的？」

「這不是很確定……西蒙認為可能是他的父親偽造了那封技師發現的信。」

「但是，妳手上的這份命令……這個命令的確是卡里斯托的親筆，它是從哪裡來的？」

「西蒙也不知道。」

「但命令確實是關於一個由農婦撫養的孩子，也就是菲利斯安・查理？」

「這也不太確定。巴特雷姆並沒有詳細說明這點，西蒙和他發現了卡里斯托的蹤跡，因此他們來到了科西嘉島，但也只是徒勞無功。」

「那麼，他們的目的是什麼？」

「現在我知道了，巴特雷姆的目的一直是為了找到向你證明菲利斯安是你的兒子的證據。」

「因為想從我那弄錢。那菲利斯安也知道他們這個計畫嗎？正如湯馬斯・勒布克聲稱的那樣，他同意他們將他送入我家？他變成卡里斯托想要的那種人了嗎？一個騙子，罪犯？」

「我不知道，這也是他們祕密的一部分，我從未和菲利斯安交談過。」她誠懇地說。

「那麼只有他才能告訴我眞相了，」勞爾說，「我必須要問他才能瞭解整個事件。」

他停頓了一下，最後說道：「是我使湯馬斯·勒布克被捕，但卻是與他事先達成了約定。他將會擾亂調查，破壞對菲利斯安的指控。如果他如我期望的那樣被釋放的話，芙絲汀，他應該不會遭到妳的復仇吧？」

「不會，」她直截了當地回答。「不會，如果他不是眞正造成西蒙死亡的兇手的話。但復仇主宰著我的一切，我不會放棄復仇，否則我就沒有活下去的意義。如果眞正的凶手沒有得到懲罰，西蒙也將死不瞑目。」

談話結束了，勞爾將手伸向芙絲汀向她告別，但她卻拒絕將手遞給他。

「好吧，」他說，「我知道妳既不會給我妳的信任，也不會給我妳的友誼，但是，芙絲汀，不要成爲我的敵人。至於我，我感激妳說出了這一切……」

勞爾返回光明別墅後，除了在勒韋西內或相鄰的周邊散一下步之外，他幾乎閉門不出。好幾次他都看到傑羅姆·賀瑪，他似乎推遲了去山上旅行的計畫，經常去鐵線蓮別墅並從那兒返回。他甚至看到他陪伴著蘿蘭德·加弗爾，兩個年輕人並肩在林蔭道裡安靜地走著。

勞爾遠遠地和他們打招呼，他感覺到蘿蘭德似乎並不想要和他說話。

有一天，預審法官請勞爾來見面，因爲預審法官感到十分困惑。湯馬斯·勒布克只是在勞爾安排好的說詞內兜圈子。他沒有露出任何破綻，他的陳述一成不變，「我做了這個……我做了那個……其他的我一無所知。」但精明的魯斯蘭先生也沒有因此就上當。

「湯馬斯・勒布克的供詞都跟菲利斯安・查理一個樣，」魯斯蘭先生說出了他的困擾。「也許是早已想好的話，而且總是同樣的說詞，然後就是保持沉默。連一條可以透光的縫隙都沒有，就像有高手指導一般。達斐尼先生，你能體會我的感受嗎？一切就像是被一股強大的力量支配著，想要用湯馬斯・勒布克來替換菲利斯安・查理。」

勞爾若有所思地看著魯斯蘭先生：「這傢伙還不算蠢嘛！」

魯斯蘭先生繼續說：「奇怪的是，我也開始不再相信菲利斯安有罪了，嗯！但我還無法接受那天晚上是勒布克在池塘划船。我叫來了小船的主人，我讓他指認了菲利斯安和勒布克，他也有些不確定了。嗯？」

他的視線並沒有從勞爾身上移開。勞爾點了點頭表示贊同。最後，他突然轉移了話題，說道：「達斐尼先生，你知道你在上層社會頗受好評嗎？」

「啊！我曾經替那些先生們效勞過。」勞爾表示道。

「是的，有人跟我說過……但是，沒有提到細節。」

「遲早會知道的，預審法官先生，等你有空閒時，我會向你講述這些細節的。我的人生是相當豐富多彩的。」

總的來說，事件似乎朝著好的方向發展，一些問題也變得清晰。芙絲汀的角色不再充滿神祕，她曾與卡里斯托存在一絲關連，對西蒙偶然間產生的感情將她帶到了法國，並在不知不覺中捲入老巴特雷姆和他兒子的陰謀裡。她只是一個從此之後除了爲她的愛人復仇以外，沒有其他目標的女人。

另一方面，確認卡里斯托已經死亡使勞爾高興萬分，並沒有什麼能證明她從前下達的那個可怕的命令執行到了菲利斯安身上。從那時起，用於對付勞爾的行動，只有在卡里斯托的指揮下才可能成功，不應由巴特雷姆和他的兒子們繼續進行第二個計畫，否則只會導致糟糕並且荒唐的結果。事實上，勞爾．達斐尼的面前突然出現了一個男孩，他可能是他兒子，也可能不是。目前，他只知道男孩那段被巴特雷姆和西蒙．洛里昂隱瞞的命運，還沒有任何方法能夠觸及那個看上去十分眞實，這個世界上卻已經沒有人知曉的眞相。

這樣過去了三個禮拜。一天上午，勞爾得知菲利斯安受到免起訴而釋放。

十一點，菲利斯安打電話給勞爾，請求他准許他白天來取回他的東西。

用完午餐後，勞爾在湖邊散步，發現蘿蘭德和傑羅姆坐在島上的凳子上。八月陽光燦爛的日子，從北方吹來的微風安靜地穿過樹枝，帶來些許涼爽。

勞爾第一次看到兩個年輕人交談。尤其是傑羅姆，他興奮地說著。蘿蘭德安靜地聽著，簡短地回答著，接著重新聽他說，眼睛盯著她手裡拿著的花朵。

他們不再說話，一分鐘後，傑羅姆轉身朝向女孩又對她說了幾句話。她點了點頭，看著他並微微地笑著。

勞爾毫不著急地慢慢走回光明別墅，想到要見到這位突然之間在他的生命中佔據重要位置，卻從未對他有過感情的陌生人，心裡不禁有些激動。他本來就對菲利斯安並沒有太多感情，現在則變得更少，因爲這個年輕人有可能會有某些權利來要求得到他的慈愛。

但無論如何，他也不能接受菲利斯安只是收拾東西並和他握手告別。不，他首先想向菲利斯安要一個解釋，接著，可以一起生活以便他能從容不迫地觀察他。但即便菲利斯安自己表明是他兒子的身份，他也還不能確定菲利斯安是否是他兒子。總而言之，菲利斯安是巴特雷姆和西蒙・洛里昂的同夥嗎？菲利斯安參與了這個陰謀了嗎？所有的證據都是肯定的。但眞正的證據只能從那位年輕人的行爲和言談中得到。

「菲利斯安先生到了嗎？」他問園丁。

「他十五分鐘前就到了，先生。」

「他看上去還好嗎？」

「菲利斯安先生看上去很激動，他立刻就把自己關進了房間裡。」

「太奇怪了……」達斐尼喃喃道。

他跑到房間前。

門鎖上了。

他焦急繞著小屋走來走去，搖晃著他房間的窗戶，窗戶無法打開，他只得將耳朵貼在上面聽裡面的動靜。

房間裡面傳來了呻吟聲。

他打碎一扇玻璃，打開窗栓。接著，他一個跳躍衝了進去，越過窗簾。

菲利斯安跪在一把椅子面前，垂著頭，脖子上貼著一塊被血浸濕的手帕。身旁的地上躺著一把手槍。

「你受傷了！」勞爾大喊道。

年輕人還沒來得及回答便暈了過去。

勞爾迅速跪倒在他身旁，伏在他的胸口聽是否還有心跳，檢查他的傷口，將手槍移開，他自言自語道：「他想自殺。但是他手抖了，因此並沒有生命危險。」

他邊照顧著菲利斯安，邊望著他那蒼白的臉龐，一連串問題脫口而出：「你是我和克蕾兒．德迪葛的兒子嗎？你是小偷嗎，是罪犯嗎，是那兩個死去的強盜的同夥嗎？你爲什麼想要自殺，卑鄙的傢伙？」

五分鐘後，僕人們都趕了過來。

「不要向任何人透露此事，明白嗎？」勞爾命令道。

他在信紙上寫了幾行字：

芙絲汀，菲利斯安企圖自殺。請妳來照顧他，不要向任何人透露一字半句。我不需要醫生，妳就告訴醫院我需要一個看護。

達斐尼

他封上信，派他的司機將信送去醫院。

汽車將芙絲汀帶了回來，勞爾在小屋門口等她。

「妳和他之前從沒見過面吧？」

「沒有。」

「西蒙・洛里昂有跟他提過妳嗎？」

「沒有。」

「西蒙死之前的那幾天他有沒有來過醫院？」

「來過，但他並沒有注意到我，他以爲我和另一個人一樣都是護士。」

「很好，不要告訴他妳是誰，也不要透露我的身份。」

她走了進去。

chapter 11

婚約

就這樣，在這六個禮拜的時間裡，情況一點一點地朝著跟原本截然不同的方向發展。正如勞爾·達斐尼最初預感到的那樣，這是兩件不同的慘劇交疊在一起，兩條路偶然間在一個交叉點上交會。一方面，某天，勞爾跟隨著某位帶著幾大捆錢的人來到勒韋西內，並買下了一棟房產，企圖盜取那筆錢來支付這棟房子並且犒賞他這次行動。這一系列的行爲也將巴特雷姆和他的兒子帶來了這裡，他們邊準備敲詐勞爾，邊著手偷竊藏在桔園裡的一大筆錢。

另外一方面，就在同一天——這也正是兩條路的相交點——一件完全獨立的慘劇正在進行。它在巴特雷姆盜竊成功的同一時間，將伊莉莎白·加弗爾引向了桔園。這將一切糾纏在一起，把事件捲入異常複雜、深不可測的謎團中，司法如同處於黑暗的森林中，動彈不得。

「現在，」勞爾心想，「至少對我而言，所有一切都簡單清楚了。兩個事件完全沒有任何關聯。第二件（巴特雷姆的敲詐事件）因爲巴特雷姆和西蒙的死亡，因爲湯馬斯・勒布克被捕，因爲芙絲汀的坦白而得以釐清。第一件（只是間接地與我有關的加弗爾姐妹事件）繼續進行，就目前來看無法解決。剩下的菲利斯安，他的行爲很難定義，似乎與兩個事件都有連繫。」

他沉吟道：「剩下的菲利斯安，敲詐計畫者所隱藏的人物和重要把柄……一個無法看清、令人擔憂、外表冷漠、在巴特雷姆事件中充滿謎團的曲折人物，這個人我只有在釐清兩姐妹的事件後才有機會看清他的眞面目。他在裡面扮演了什麼角色？他是誰？他不會毫無理由自殺。一定有相當重要的原因使他驚慌失措，最終將他推向了死亡的邊緣？他是誰？他是誰？他想從我這兒得到什麼？」

每次勞爾來到小屋探望時，他銳利的目光都在仔細觀察他！他是多麼急著想與他交談！他的高燒已經退了。芙絲汀停止了一切包紮和敷藥。但菲利斯安仍舊十分疲乏，沒有精神，似乎讓他企圖自殺的原因還在繼續使他承受著煎熬。

然而，一天早上，睡在畫室的芙絲汀將勞爾拉到一旁。

「昨天晚上有人來看過他。」

「誰？」

「我不知道，我聽到聲音想要進去，但是門被鎖上了。他們低語了很久，其間有幾次沉默。然後，那個人在我毫無察覺的情況下離開了。」

「那麼妳一無所獲？」

「是的。」

「太可惜了！」

儘管如此，勞爾在隨後的幾天注意到了這次夜訪的結果。菲利斯安就像換了一個人，臉上瞬間煥發著新生。他時常微笑，並與芙絲汀交談。他甚至想要畫自畫像，並且打算恢復工作。

勞爾不再猶豫。三天後，在年輕人休養的小屋裡，他坐到他的身旁，開口道：「我很高興見到你恢復健康，菲利斯安，我也希望我們的關係能一如從前。但爲了使我們的關係更加眞誠，我們得要坦率地談談。我要說的是，雖然魯斯蘭先生決定讓你免於進行那些事件相關的審判，但這起案件和你我卻仍密切相關。」

他像朋友般溫和地問道：「爲什麼你沒有向我提過，菲利斯安，你成長於普瓦圖的一個農場裡，被一位善良的農婦所撫養？」

年輕人臉紅地支吾道：「人們總是不太願意承認自己是被撿來的孩子……」

「那麼……在那之前呢？……」

「在那之前我已經沒有任何記憶。我的養母，也是眞正撫養我的母親，什麼都沒有對我說就去世了。此外，她給我留下一筆錢，那是一位夫人給她的……但似乎那人也不是我的母親。」

「妳還記得，在農場的最後幾年是不是有個男人住進了農場？」

「是的……一個朋友……一位親戚吧，我想……」

「他叫什麼名字？」

「我一直都不確切地知道他的名字，至少，我想不起來了。」

「他叫做巴特雷姆。」勞爾肯定地說道。

菲利斯安的身體不由自主地顫抖了一下。

「巴特雷姆？……那個小偷？……那個殺人犯？……」

「是的，也就是西蒙・洛里昂的父親。從那之後，那個男人就一直監視著你。他知道你在巴黎幹什麼以及你的全部地址。最後，也是他透過我的一個朋友將你推薦給我。」

菲利斯安貌似驚呆住了。勞爾一刻也沒有移開他的視線，注視著他的所有動作和反應，密切注意他最細小的掩飾或眞實的動作。

「為什麼？他的目的是什麼？」年輕人問道。

「我不知道。可以確定的是巴特雷姆出於某種企圖將你安置在我身邊，他的兒子西蒙・洛里昂來這兒是為了讓你協助他實行某個對付我的計畫。但出於什麼目的？是什麼樣的計畫？我還未能發現。西蒙・洛里昂沒有暗示過你嗎？」

「沒有……對此我一無所知。」

「那麼，你來這兒的目的一直就只是為了在這棟房子裡工作嗎？」

「我還能在這兒幹什麼呢？」菲利斯安問。

勞爾十分高興，菲利斯安說的都是眞話。他不是敲詐的共犯，即使萬一他知道什麼，他也並不想要從中獲利。

「還有一件事，菲利斯安，湯馬斯・勒布克自己承認的，他承認自己是那個罪案和竊盜發生當晚在湖面上划船的人。他的供詞難道不令你覺得驚訝嗎？」

「既然那個人根本就不是我，為什麼我應該要感到驚訝呢？那個時間，我正在睡覺。」菲利斯安說。

但這一次，他的語氣變了。目光閃躲，毫不誠實，他的臉頰微微泛紅。

「他在撒謊，」勞爾心想，「如果他在這一點上撒謊，那其他事情，他也一定說謊了。」

他在房間裡大踏步地繞了一圈。年輕人的表裡不一表現得非常明顯。一個狡猾的人，一個騙子。遲早有一天他很可能會以兒子的權利為理由，像他的同夥一樣要脅他。抑制不住自己的怒火，勞爾朝門外走去。但菲利斯安追上去以焦急的語氣進行解釋：「你不相信我，先生，不……你不相信我……我能夠明顯地感覺到……你認為，那個夜晚我是去尋找被偷的、裝滿錢的袋子，可能因此攻擊並殺害了我的同夥西蒙・洛里昂。如果你這樣想的話，我最好還是離開這兒。」

「不，」勞爾突然說。「相反地，我請你留下來，直到我們之間得到一個確定的眞相……在某個方面或是在另一個方面。」

「眞相就存在於預審法官指明的方向。」

勞爾激烈地大聲說：「魯斯蘭法官的決定並不代表什麼。那個決定來自於湯馬斯・勒布克的假供詞，那是我找到他，付錢讓他這麼做的。而你這個人在整個事件中扮演的角色從一開始就無法解釋。我沒有一刻從你身上感覺到一絲眞誠或是眞實的本性，你將你最激烈、最粗暴的行爲都藏在黑暗中。好比說你的自殺。難道你回來這裡就是爲了要和我永別嗎？你也得解釋，你拿著手槍試圖自殺，爲什麼？」

菲利斯安沒有回答，這激怒了達斐尼。

「沉默……總是沉默……不然就是用否認來試圖脫身，就像對待預審法官那樣。該死，回答我！造成我們彼此之間不信任的不是其他原因，而是你在我們之間建起的這堵沉默和保留之牆。如果你想取得我的信任，就將這一切都拋棄！否則，我會調查、懷疑、猜測、假設，冒著弄錯並冤枉你的危險。這就是你想要的嗎？」

他抓住他的胳膊。

「在你這個年紀，往往會爲了愛情自殺。我對你自殺未遂那天的行程進行了調查。你遠遠地跟著蘿蘭德・加弗爾和傑羅姆・賀瑪，他們從別墅出來朝湖邊走去。他們坐在島上的長凳上。你也看到了……我所看到的一切，他們之間存在一種前所未有的親密感。你假裝不經意地詢問了園丁，你知道他們每天都見面。一個小時後，你就拿起了你的手槍。我說的對嗎？」

菲利斯安面容顫抖地聽著。

「我接著說，」勞爾說道。「我不知道蘿蘭德·加弗爾如何知道你想自殺這件事。三天前的那個夜裡，她瘋了一般地跑來看你，懇求你活下來，並向表明你的猜測都是沒有根據的。她的解釋恰到好處，那天夜裡過後，你就心情大好，而且痊癒了。我說的對嗎？」

這次，似乎這個年輕人無法，也不願意再躲避這些再三提出的問題。他有點猶豫該用什麼方式回答。最後，他說：「先生，從慘劇發生後，我就再也沒見過蘿蘭德·加弗爾，那天晚上來看我的人並不是她。我和蘿蘭德之間的關係不致於讓我做出這樣的行爲。更何況，她已經做了決定，並讓她的僕人帶來一封信告知我。」

菲利斯安將信遞給勞爾，這封信他越讀越驚訝。

菲利斯安：

不幸將我和傑羅姆·賀瑪連結在一起。由於我們不斷地一起爲可憐的伊莉莎白悲痛，我們感到唯有相互忠實於自己珍貴的記憶才能得以慰藉。我深深地感到是她本人將我們帶到一起，並要求我們建立一個她也會感到幸福，她也一直夢想的家庭。

我不知道我們會在何時結婚。我得跟你說，還有許多事困擾著我，我害怕我其實是犯了錯，一直到最後，這種害怕都將會使我猶豫不決嗎？但是，我要怎麼活下去呢？我沒有勇氣獨自活下去。

菲利斯安，你也認識伊莉莎白，我請你明天來鐵線蓮別墅，告訴我她也支持我這麼做。

蘿蘭德

勞爾輕聲地將信又慢慢地讀了一遍：「太可笑了！」

他冷笑道：「這位年輕女孩找到了忠實於她姐姐的方式！去見見她吧，菲利斯安，給她你的支持。這裡的工作並不著急，而且你也還需要再休養幾天。」

思考了一會兒，他俯身朝向年輕人。

「但是，我非常想告訴你我腦袋裡一直閃過的念頭——這兩位要結婚的夫婦早就把一切計畫好了。」

「當然，」菲利斯安驚訝地說，「既然他們打算結婚，當然要先計畫好了。」

「不，我說的是在更早之前，應該就已經把這一切計畫好了。」

「更早之前？什麼時候？」

勞爾一字一字地說出這個可怕的回答：

「在伊莉莎白・加弗爾還活著的時候。」

「什麼意思？」

「意思是，在他們打算結婚的兩個月前，伊莉莎白周圍剛好被設下了謀殺陷阱，這點非常奇怪。」

菲利斯安憤怒地做了一個手勢大聲說道：「啊！你的假設是不可能的，先生！我認識她們倆，我瞭解蘿蘭德對她姐姐的感情……不，不，我們沒有權利這麼侮辱她……」

「我並沒有指控她，我只是找到了一個不得不提出的問題。」

「怎麼找到的？」

「因爲這封信，菲利斯安。字裡行間流露出輕率的決定與判斷！……」

「蘿蘭德是一位忠誠、高貴的女子。」

「蘿蘭德是女人……一個正在遺忘的女人。」

「我確信她沒有遺忘。」

「沒有？但她卻要在這樣的情況下建立家庭……一個會讓她姊姊感到幸福的家庭。」勞爾嘲諷地說。

菲利斯安站了起來，嚴肅地說道：「請你不要再說了，先生。蘿蘭德不應遭到這些懷疑。」

勞爾將信遞還給他，走出門外在草地上走了幾步。他感到只要堅持不懈就能慢慢地深入他隱祕並過於敏感的本性，那裡面透露著狂怒和反抗。他正要繼續追問下去，這時，他聽到入口的柵欄被打開的聲音。

「天啊！」他自言自語道，「是古索隊長，他這隻烏鴉會帶什麼來給我們？」

隊長朝兩個人所在的小屋走來，和勞爾握了握手，勞爾笑著問：「怎麼！隊長先生，你還沒有結束對我們的調查嗎？」

「已經結束了，結束了，」古索反常地以開玩笑的語氣回答。「只是當某人受到過司法的偵查，那麼司法就對他仍有一種權力……」

「監督的權力。」

「不，只是一種關心的權力。這就是爲什麼我在調查期間，還要來關心一下我們病人的近況。」

「菲利斯安一切都很好，對吧，菲利斯安？」

「好極了！好極了！」古索說。「他自殺的謠言到處都傳遍了，引起了不小的震動。我們甚至還收到一封打字機打成的匿名信。總之，全都是胡說八道，我一句都不信，一個被宣佈爲無罪的無辜者不會自殺。」

「當然不會。」

「除非他是有罪的。」古索意有所指道。

「這種情況下，沒有人會這麼想吧。」

「並非如此。」

「有話直說吧！」

「好的。這是案件調查必要的程序，請你諒解，據我調查，你這位年輕朋友在出獄後打過電話給……」

「確實，他給我打過電話。」

「接著，打給了蘿蘭德·加弗爾小姐，請求她讓他白天去見她。」

「然後呢？」

「然後，上述的那位小姐拒絕見他。」

「這又說明什麼呢？」

「上述的那位小姐不相信他是無辜的……，顯然是這樣，不是嗎？」

勞爾嘲諷道：「這就是你從那低劣的調查中得到的嗎，隊長先生？」

「沒錯。」

「那你可以……」他向他指了指通往門口的路。

古索轉過身，但又重新回過頭看著他的對手：「啊！我忘了說，我們在巴黎的一個火車站的寄物處找到了西蒙·洛里昂的行李，在一件衣服的口袋裡，我找到了這張名片。可以發現，名片的背面用鉛筆畫著房子的樓層平面圖，西蒙·洛里昂，也就是菲利斯安的朋友，他的父親就是從這兒盜走菲力浦·加弗爾先生那一大筆錢。」

「名片上印的名字是……？」

「菲利斯安・查理。」

隊長與勞爾和菲利斯安道別，邊離開邊嘲諷、放肆地說：「這些二手資料現在只是爲了留存備查的，但也許會有後續……」

勞爾一個箭步衝到門口，攔住他。

「等一下，隊長！」

「有什麼能爲你效勞的嗎，達斐尼先生？」

「沒有。只是爲了給你一些忠告，你看到柵欄旁的那兩根柱子了嗎？」

「當然囉！」

「那麼，我建議你不要再擅自進入它們所劃定的範圍。」

「我以警察的身份……」

「你的身份只有當你像你的同事那樣成爲一個有禮貌、好教養的員警時才有意義，而不是一個懷有敵意、記仇的員警。聽明白了嗎，再見！」

勞爾朝菲利斯安走去，整個爭執過程中他絲毫沒有動彈，也完全沒有說話，勞爾說道：「你口口聲聲地告訴我你沒有再見過蘿蘭德。」

「她拒絕見我。」

「你要繼續聲稱你不是爲了她自殺？」

年輕人沒有回答。

「還有，這張名片是怎麼回事？」勞爾繼續問。

「西蒙・洛里昂有一天從這兒拿走的，在你回來之前。」

「這是桔園的平面圖嗎？」

「可能是他自己畫上去的，我完全不知道這件事。」

「這些事代表你仍舊是警察懷疑的對象，你不擔心嗎？」

「不擔心，先生。他們已經用盡一切辦法調查我，但卻一無所獲。我沒犯任何罪，我無須擔心。」

chapter 12

神祕來訪

勞爾放棄了。從菲利斯安那兒得不到任何解釋，沒有任何威脅能動搖這位表面看起來無憂無慮的年輕人，他擁有堅韌的耐力，因此無法從言談中得到他的祕密。

他得開始行動了。

一開始，事情還完全沒有頭緒。芙絲汀已經回到醫院上班。在休養期間一直和她一起在小屋裡共進午餐的菲利斯安，在她回到醫院後，常去鐵線蓮別墅午餐，並在那兒度過整個下午。

第五天，勞爾爲了瞭解情況也去了鐵線蓮別墅。

「我想現在小姐在草坪那兒。如果您願意的話，您可以到餐廳等她。」

大廳裡有兩扇門，勞爾走進餐廳，他沒有走下臺階到花園去，而是透過垂掛著羅紗窗簾的起居室玻璃門往內瞟了一眼，始料未及的一幕映入他的眼簾。

在灑滿陽光的房間左側，菲利斯安坐在畫架前，在他的對面，芙絲汀擺著姿勢，她的雙肩大大地裸露著，露出光滑的雙臂。

夾雜著嫉妒的憤怒感侵蝕著勞爾，他無法控制住自己。

「這可是在鐵線蓮別墅！」他想著，「她究竟在做什麼？這個孩子想從她那兒得到什麼？」

他在她正對面看著她，但那位年輕女子的眼睛正望向旁邊，看著朝向草坪和池塘的觀景窗。灑滿陽光的雙肩光潔無暇，白皙中泛著微微的金色。又一次，一直縈繞在腦海裡的影像又浮現了出來，他想起了雕塑家那座光芒四射的芙萊妮。

他悄無聲息地微微推開了門，好奇地想要聽聽他們在談論什麼，才發覺那對未婚夫婦，蘿蘭德和傑羅姆坐在窗檻上，腳伸出窗外。

他們低聲交談著，傑羅姆時不時回頭看看他們。

勞爾深信發生在鐵線蓮別墅和桔園的整件慘案，也就是兩件慘案中的第一件，犯人正是在這個起居室裡的四人之中，其他的調查都是徒勞無功。而現在所有的一切都在這個起居室上演著，一場包含愛、仇恨、野心或嫉妒的戲碼。這四個人看起來都彷彿在安靜地專注於他們眼前的事情。但無論是過去還是以後，罪行、懲罰、死亡都會像瘋狂的對手般不停的衝擊他們。

每個人在這場戲裡扮演了些什麼？毫無疑問菲利斯安愛著蘿蘭德，他在這對未婚夫婦間扮演了什麼角色？

護士芙絲汀又是如何融入這個環境？身份完全不同的蘿蘭德又是出於什麼原因接納了她？諸多難以解釋的問題。

這時，那對未婚夫婦去了花園，勞爾輕輕地走了進去，當芙絲汀將目光收回到畫架時，她看到了他站在畫架和菲利斯安的身後。

她臉紅著馬上尷尬地披上披肩。

「不要停下來，我的天啊，你的這位模特兒眞是棒極了！」他對菲利斯安說道。

「美得驚人，我完全不配畫她。」年輕人承認。

「你沒有支付酬勞嗎？」

「當然沒有，在如此的美貌面前。」

勞爾嘲笑道：「那妳呢，芙絲汀？相比於照顧醫院裡的病人，妳更喜歡擺姿勢被畫？」

「這時間醫院沒什麼病人，」她回答，「我下午的時間是自由的。」

「妳晚上也是，夜裡也是。好好地享受吧，芙絲汀。享受妳的青春吧。」

他朝花園的那對未婚夫婦走去，祝賀他們結婚，他仔細地觀察著蘿蘭德的一舉一動。的確，她的容貌沒那麼美豔炫目，沒有芙絲汀那般驚人的美貌。但她看來更加動人，而芙絲汀性感的臉蛋和身材則比她的美麗臉龐更具誘惑力。傑羅姆・賀瑪帶著愛慕，熱情的注視著她。

傑羅姆得出發去巴黎，蘿蘭德和勞爾陪著他朝著桔園的花園走去，他們從發生災難的那幾級臺階前經過，折斷的臺階使伊莉莎白掉進水裡，接著死去。兩個年輕人若無其事地從前面走了過去。每天，他們都來這邊散步。甚至他們會在這兒停下腳步，無憂無慮閒逛，並看向池塘的另一端，在小路的旁邊，湖邊的一艘小船在湖面上搖晃，有三個人坐在船上，是古索和他的兩位手下，其中一位正在打撈湖底。

「調查還在繼續，」傑羅姆說。「他們在尋找擊傷我和西蒙·洛里昂的兇器。」

蘿蘭德全身顫抖，低語道：「這個噩夢難道永遠不會結束嗎？」

傑羅姆與她道別後離開。蘿蘭德和勞爾慢慢地走回了鐵線蓮，勞爾一針見血地問道：「你們婚後會繼續住在這棟別墅裡嗎？」

她回答：「是的，我想是的……我們會做些必要的裝潢……」

「但很可能是在旅行之後？……一次長途旅行之後？」

「一切都還不確定……」

他又問了她一些其他問題。蘿蘭德都只做了模棱兩可、簡短的回答，她打斷了他的問話，說道：「有人按門鈴，但我並沒有跟誰有約。」

他們走到樓梯時，傳來爭吵聲，很快就變成了大聲的爭論。他們聽到僕人愛德華的聲音怒吼著：「你不能進來！只要我活著，你就不能跨進這棟房子一步。」

薩蘭德跑過餐廳。菲利斯安和芙絲汀已經在門廳。在門口，老僕人試圖阻擋一位年長的先生進入，這位先生語速緩慢地說：「請你克制一下自己。我想要和薩蘭德小姐說話……請你告訴她，我想要拜訪她。」

薩蘭德停在門口，端詳著這位不速之客，說道：「我不認為我有這個榮幸，先生……」

他一言未發地將他的名片遞給她。她瞟了一眼，變得有些心緒不寧。

他似乎害怕被拒絕，堅持說：「我想和妳談談，薩蘭德……必須得談一談……妳不能拒絕我……這也是為妳好……」

他白髮蒼蒼，駝著背，相貌英俊高貴。過分的蒼白顯示著病痛正在損耗著他的生命。

遲疑了一會後，她命令僕人：「你退下吧……沒錯，你退下，我願意見他。」愛德華憤怒地走了出去。她隨後對那位先生說：「很抱歉，我的未婚夫不在。我原本想將他介紹給你認識。」

「的確，我知道妳已經有婚約了，薩蘭德……」

「是的，和傑羅姆·賀瑪。」

「我知道……他原本應該與妳姐姐結婚，對吧？」

「他原本應該與她結婚。」

他又說道：「我從前跟他的母親非常熟悉，他那時還是個孩子。」

但薩蘭德似乎不願意在其他人面前繼續交談，她對他說：「到樓上我的小客廳去吧，先生，在那兒我們比較方便交談。我帶你過去。」

她幫他引路，他費力地緩慢上樓。

勞爾只需一眼就明白菲利斯安和芙絲汀也與他一樣感到驚訝，他們也對這個人的來訪一無所知。

他們三個人都安靜地等待著，每個人都專注做著自己的事。

整整兩個小時後，那位先生由蘿蘭德攙扶著從樓上走了下來。她的眼睛紅紅的，表情錯綜複雜。

「蘿蘭德，你們的婚禮……定在什麼時候？」

彷彿她突然做出了決定，她直截了當地答道：「十二天後，在那之前，會發出結婚通知。」

「祝妳幸福，蘿蘭德。」

他親吻了她的額頭，她哭了，接著她輕輕地掙脫，將他一直扶到門口。

「要不要我送妳？」她問。

「不用，車站離這很近。我可以自己過去。再見，蘿蘭德。如果你們能來我家，我會非常高興的！妳答應過我會來的。但請盡量早一點過來，蘿蘭德。」

他沒有再回頭，轉身離去。蘿蘭德目送著他，她關上門，若有所思地回到起居室。勞爾隨即走了出去，離開鐵線蓮別墅，他想要跟上那位陌生人，取得一些訊息。他在路上發現了他，一位穿著司機制服的僕人攙扶著他。在國道附近停著一輛豪華的汽車，司機將他扶上車後離開。勞爾只注意到那輛汽車積滿塵土，彷彿經過了長時間的跋涉才到達這裡。

七點左右，當芙絲汀從醫院出來，他上前與之交談。

「知道那個人是誰嗎？蘿蘭德什麼都沒提嗎？」

「沒有。」

「一定的，」他說，「就算她有告訴妳些什麼，妳也會一個字不提！好吧，我自己去弄清楚這一切。在這樣的情況下，並不是十分困難，我已經發現了越來越多的眞相，事情一直有進展，芙絲汀。」

他用更加激烈、挑釁的語氣對她說：「另外，妳在鐵線蓮扮演了什麼角色？妳現在已經是他們的朋友了。以什麼身份？你們四個人之間有什麼共同點？妳展現妳的優雅是爲了迷惑菲利斯安？到此爲止吧，我的孩子。否則，我會讓那個年輕人消失，妳只會自討苦吃。」

她沒有生氣，笑著問道：「我有討好過你嗎？」

「當然沒有！」

「但是，你喜歡我。」

「非常喜歡！」他微笑著緩和地回答。「這也許就是爲什麼我有點失去了理智……」

那天晚上以及第二天上午，勞爾進行的調查將他帶到了大約二十分鐘車程外，位於加爾什的一個養老院。應他的要求，斯坦尼斯拉斯老人被帶到了會客室，這位正直的人搖搖晃晃地走了進來，勞爾向他說明他的來意。

「你來自勒韋西內市，你在那兒當了四十多年的僕人，其中三十年都是在同一位主人那度過的，他就是桔園的現任主人，菲力浦．加弗爾先生的父親。我沒說錯吧？市政府救濟單位已經將你列入名單，我受他們委託送來一百法郎給你。」

之後是五分鐘的感謝和一小時的閒談，閒談關於勒韋西內、勒韋西內的居民、經常出入桔園的人及周圍鄰居們的話語，勞爾確切地得到他想要的資訊。

其中最重要的是，他得知伊莉莎白和蘿蘭德的父親，菲力浦叔叔的哥哥，亞歷山大．加弗爾先生與他的妻子不和。他喜歡拈花惹草，使他的妻子過得十分不幸福。而且他嫉妒心極強，他的嫉妒很可能源於他看到亞歷山大．加弗爾夫人的一位遠房表哥始終陪伴在她身邊。

斯坦尼斯拉斯回憶道：「總之，有天我們在桔園的花園裡聽到他們爭執。伊莉莎白小姐當時剛滿三歲，亞歷山大先生要把他夫人的表哥趕走，他們甚至在門廳打了起來，僕人愛德華，他是我的一位朋友，也衝上去幫助他的主人。他們大聲地叫嚷！桔園的僕人們，大家都在說伊莉莎白小姐真正的父親是那位表哥——喬治．迪戈里凡。」

「加弗爾一家人後來言歸於好了嗎？」勞爾問。

「勉勉強強。他們在三、四年後有了一個女兒，蘿蘭德小姐。但亞歷山大先生後來又開始花天酒地，和他的同伴一起去巴黎花天酒地時中風去世。」

「沒有人再見過那位表哥嗎？」

「再也沒有人見過他。只是加弗爾夫人過世前每年都帶著她的女兒去卡堡的海邊度假。卡堡離亞歷山大夫人的表哥喬治・迪戈里凡先生現在居住的卡昂僅有二十公里。甚至在我們下人裡，有人曾說好幾次在卡堡的海灘上碰見他和亞歷山大夫人在一起，當然那兩個孩子並沒有在場。有一次，桔園的一位廚娘說：『你知道，他將所有的財產都留給了伊莉莎白小姐。這是意料之中的事。這件事是他和亞歷山大夫人約好的。啊！伊莉莎白小姐，她將有一大筆嫁妝！……』」

勞爾對他的調查結果感到非常滿意。他越想越明白這些資訊的重要性。所有的光束都彙聚到了這個家庭矛盾上，他感覺到許多讓人摸不清的行爲都是源於這個矛盾，那些行爲現在在他看來也開始有了意義。

那天下午以及次日，他去了鐵線蓮別墅，儘管受到熱忱的接待，但依然感受到了與第一天相同的孤立感和悲愴的氣氛。每個人都活在他們自己的世界裡，帶著各自的想法和特殊目的。這些人都在想什麼？蘿蘭德和傑羅姆時不時用深情的眼神交流。菲利斯安的目光也時不時地離開芙絲汀和他正在畫的肖像畫，望向蘿蘭德和傑羅姆。

一片安靜中，蘿蘭德對她的未婚夫說道：「你的證件準備好了嗎，傑羅姆？」

「當然。」

「我的也是。今天是七號禮拜三了。我們將婚禮定在十八號禮拜六，你覺得怎麼樣？」

傑羅姆激動地牽起她的手親吻，洋溢著他對她熱切的愛情。她微笑著閉上了眼睛。

菲利斯安專注地工作著。

「九月十八號，也就是十一天後。必須在那之前開始行動，在他們的愛情開花結果前把複雜的眞相揭露出來。」

蘿蘭德接待的那次神祕訪客已經基本調查清楚。但是來訪的理由是什麼？爲什麼一開始充滿敵意的蘿蘭德在最後那人離開時看起來如此溫柔和感動？傑羅姆・賀瑪已經知道這件事了嗎？」

九月十一號禮拜六，蘿蘭德派人去將勞爾請到鐵線蓮別墅，古索隊長三點鐘會來告訴她一條重要的消息。蘿蘭德想讓達斐尼先生和菲利斯安・查理作爲旁聽者參加。

勞爾準時到達，菲利斯安也是，芙絲汀並沒有出現。

古索隊長的消息非常簡短，他假裝沒有留意到勞爾和菲利斯安在場，只在對蘿蘭德和傑羅姆說話。

「我們收到了好幾封匿名信。這些信都是以非常不熟練的方式打出來的，所有信件都是在夜裡被投進勒韋西內郵局。我們對擁有打字機的人進行了調查，這個人應該會被查出，因爲今天早上，我們在離這兒三公里遠的一堆垃圾中找到了一台古老的打字機，昨天是那人最後一次使用那台機器，傍晚，這封信被送到警察局，我請你們聽一下這封信的內容：『那個著名的夜晚，在西蒙・洛里昂被襲擊的那條林蔭道旁邊有一座已經幾個月無人居住的別墅，別墅的矮牆上安著柵欄。透過柵欄的欄杆，在小灌木的葉子下，可以發現一條手帕。最好去確認一下手帕的來源。』」

總隊長繼續道：「我根據信上提供的線索去搜索，就是這條手帕，現在顯然已經被雨滴和露水弄髒了。但還是能很清楚地看到手帕上那條紅棕色割裂的長劃痕，是擦過染血的刀留下的痕跡。而就像大部分在商店裡買來的手帕一樣，上面只繡了單獨的一個姓名首字母：F。既然菲利斯安・查理先生（法文名爲Félicien Charles，首字母爲F）也在這，你願意拿出你的比對一下嗎？」

菲利斯順從地將他的手帕遞給他，古索仔細地比較了兩塊手帕。

「你給我的這塊上並沒有繡上字母。但仍然能看出它們同樣優質柔軟的質地，以及完全相同的大小。謝謝你。這塊手帕將被納入本案證據，並會送交給實驗室檢查上面的棕色痕跡是否爲人類血跡。如果證實了這一點，就有了證據可以嚴厲指控那位先襲擊賀瑪先生，又襲擊了西蒙・洛里昂的人。」

隊長並沒有透露更多，他向那對未婚夫婦道別後便離開了。

「親愛的菲利斯安，」勞爾邊起身邊觀察著他，「事情已經迫在眉睫，警方已經認定兇手是你。幾天後，魯斯蘭先生就不得不將你帶回他的辦公室，然後……」

菲利斯安沒有回答，彷彿在想著其他事情，勞爾十分厭惡他這種反應。

傍晚，用完晚餐後，當他經過花園的樹蔭時，路上傳來一聲很輕的哨聲，他看到一個女人的身影沿著湖邊緩慢地朝著與鐵線蓮別墅相反的左邊走去。

勞爾認爲那聲哨聲是一個信號，果然很快菲利斯安也從小屋裡走了出來。他輕輕地打開柵欄，也往左邊走去。

勞爾小心翼翼地從光明別墅的車庫出口跟了上去。

他隱約地分辨出在湖邊的小路上有兩個人影漸漸走遠。天還未完全黑，他認出菲利斯安是和芙絲汀在熱烈交談著。

他遠遠地跟著他們。

他們穿過小橋，坐在之前蘿蘭德和傑羅姆．賀瑪坐過的那張椅子上。

他們背對著他，因而他可以肆無忌憚地靠近他們，與他們只隔二十五到三十公尺。

他清楚地看到菲利斯安躺在芙絲汀的懷裡，頭靠在那個年輕女人的肩上。

chapter 13

綁架

勞爾的第一反應便是衝上去抓住這對情侶，將菲利斯安扔進水裡，然後把芙絲汀扼死才感到痛快。但他什麼也沒有做，甚至馬上抑制住了自己的衝動，他向橋邊走近了兩三步，爲了能更容易聽到他們談話的內容。

他迫使自己冷靜下來，現在不是發怒或未經思考就魯莽行動的時候。何況他從未在芙絲汀身上感覺到任何一絲愛意。而且案件結果馬上要如暴風雨般來臨，結局也會如狂風般呼嘯而至。他不能被那他自傲的瘋狂性格影響，破壞了這一切，儘管事情十分錯綜複雜，但已經有一些眞相開始在他腦中梳理歸類，如果他此時介入，事情必定會重新亂成一團。

而且，卡里斯托那位魔女的樣子又浮現在他眼前。如果父親與他被教唆反抗的兒子因爲一個女人而戰鬥，那麼這位死者就是最大的贏家！她託付給命運的復仇是怎樣可惡的一步一步完成！

勞爾回到別墅，他關上柵欄，啓動了一個他從未使用過的裝置，當柵欄被打開，就會觸動電鈴。

半個小時後，電鈴發出鳴響。菲利斯安回來了，勞爾接著便睡著了。

整個上午他都在低聲抱怨著菲利斯安，他越來越讓他覺得討厭。現在，根據所有矛盾和荒謬的事件，他傾向於認定蘿蘭德和傑羅姆是同謀。儘管現在還不能確定，但這對未婚夫婦的計畫應該與迪戈里凡遺產有關。他出去走了幾步，用完午餐後，下定決心前去卡昂打探，去獲取一些關於喬治·迪戈里凡的消息，或許還能與他碰面，然後第二天晚上潛入他家，進行一次有趣的拜訪。

他正準備上車，別墅裡的電話響了。傑羅姆·賀瑪著急地請求他一分鐘也不要耽擱立即去一趟鐵線蓮別墅，這位年輕人聽起來萬分絕望。

兩分鐘後，勞爾到了。傑羅姆和僕人一起在門口等他，一見到他，立即聲音哽咽，結結巴巴地說道：「綁架！……」

「誰？」

「蘿蘭德，被那個無恥之徒綁架了。」

「哪個無恥之徒？」

「菲利斯安·查理。」

「怎麼可能！」勞爾反駁道，「我昨晚才看見芙絲汀將他擁入懷中，也許是蘿蘭德叫他這麼做的？」

「你瘋了嗎！」傑羅姆憤怒地叫嚷道。「她是被強行綁架！用車子！我會向你解釋……我馬上想到只有你才能……」

他跳上座位。

「走那條路？」勞爾問。

「往聖日爾曼方向。沒錯吧，愛德華？你看到他們了吧？」

「是的，聖日爾曼。」僕人肯定地答道。

勞爾的汽車馬上開動。

三百公尺後，他們右轉開上國道，穿過了塞納河。一九〇號國道是通往諾曼第、盧昂的方向……

傑羅姆自言自語起來：「她什麼也沒有察覺……我也是……他從巴黎開回一輛說想要購買的汽車。他利用我在花園的機會建議她試一試車……她便上去了。但當他啓動車子後，她可能想要下車，但被他阻止，愛德華和我都聽到了她的尖叫聲。愛德華跑出來的時候，車子已經開遠了。」

「什麼樣的車子？」

「敞篷汽車。」

「沒有什麼特徵嗎？」

「淺黃色車身。」

「在我們之前開出去幾分鐘了？」

「最多不超過十分鐘。」

「我們會追上他們的，菲利斯安的駕駛技術不夠好。」

勞爾朝聖日爾曼方向開去，但突然之間他轉向了凡爾賽方向。

「這邊有十到十二公里的直線道路，我們可以加足馬力行駛。」

「爲什麼要換方向？」

「直覺！……菲利斯安是在普瓦圖長大的。既然我們並沒有明確線索，就必須減少犯錯的可能性，我猜想他會逃到一個他熟悉的地方。凡爾賽方向是正確的路。」

「如果你錯了呢？」

「那就只能說運氣不好了。」

他們像風一般地穿過阿米斯廣場到達凡爾賽，一路奔馳到聖西爾和特拉普。

「我們應該已經快看到淺黃色的車身了，菲利斯安也是在全速前進。」

「你確定嗎？……」

「噢！當然。我們的車速每小時一百一十公里。以現在的車速，我們一定會在到達朗布依埃前追上他……」

他對即將到來的勝利充滿喜悅，他必須成功地報復這個該死的菲利斯安，否則沒有什麼能夠把他從失敗和嘲笑中挽救出來！

「你有把握嗎？有把握嗎？」傑羅姆不安地重複著。「如果你選錯了路怎麼辦？」

「絕不可能……你看，那邊……正在開進林中的那輛車？」

「是的！是的！」傑羅姆大聲叫嚷道。

他突然之間因爲興奮而咒罵起來：「無恥之徒！我就知道他愛著她……我跟蘿蘭德說過不下二十次……他一直愛著她……從一開始，他就在她身邊打轉。正是可憐的伊莉莎白發現了這點。我跟你說，先生，他愛著她……啊！那個蹩腳演員……他隱藏自己，假裝喜歡芙絲汀，但我察覺到他對我的仇恨……他那殘忍的嫉妒。當她向他宣佈婚訊，他沒法再裝作若無其事，氣得發抖。他愛她……他愛她並把她帶走了……啊！如果讓他逃走……你知道的，如果他逃走了，蘿蘭德就不可能從他手中逃脫。啊！多麼可怕！……快點！車子似乎沒有在動……」

勞爾的心底湧起一種莫名的滿足，他也意識到並且享受這一點。確實，這位菲利斯安有時候還挺有膽識的。在危急且被警察調查的情況下，他在做些什麼？在忙著征服芙絲汀並且綁架蘿蘭德！而不是使自己脫離危險，不管發生什麼事情，他都在全力戰鬥，甚至在採取進攻。這個混蛋，眞是膽大包天！

到達朗布依埃後，迂迴曲折的石板路使他們不得不減慢速度，此外，他們面前有兩條路分別通往圖爾和沙特爾。

「隨便選一條吧。」勞爾說。

傑羅姆驚愕萬分，完全失去了自制力。

「那個卑鄙的傢伙！我早就和蘿蘭德說過要提防他！陰險的人……僞君子……更不要提其他事情……是的，其他事情……我對桔園發生的事情也略知一二……啊！如果我能把他抓住就好了！」

他向前揮出拳頭，他身材魁梧結實，擅長運動，勞爾認爲他應該可以輕易戰勝外表看上去瘦弱、不怎麼結實的菲利斯安。但沒有什麼能夠阻止勞爾全速踩下油門，並追上那個逃跑者，對他的仇恨使他渴望看到他失敗。

突然在一個轉彎後，黃色的車出現了，離他們只有三、四百公尺遠。勞爾的車子彷彿瞬間速度加倍，就像是一匹賽馬的最後一躍。沒有什麼阻礙，沒有任何距離能讓這位劫持者逃脫。靠近前車幾乎在一瞬間完成。兩車之間的距離一下子就拉近了。突然之間，勞爾的汽車超到了前車前面，使後車爲了避免撞上而不得不減速，五十公尺後，他迫使菲利斯安的車子停在了路邊。

前後都沒有任何人。

「我們來決一勝負吧！」傑羅姆．賀瑪大叫著跳下車。

菲利斯安也從車門裡出來。在馬路的中間，蘿蘭德踉蹌著從車上下來。

傑羅姆急於與菲利斯安決鬥，開始重重地一步一步走去，就像一個拳擊手準備發起一次攻擊。

菲利斯安一動不動地站在原地。

那位年輕女子想要衝到他們中間，勞爾上前抓住她的肩膀。

「待在這裡。」

她想要掙脫。

「不！他們會打起來。」

「那又如何？」

「我不想這樣……他會殺了他……」

「冷靜一點……我要看看……」

「簡直糟透了……放開我……」

「不，」勞爾說，「我想看看他會不會退縮……」

蘿蘭德蜷曲在他手臂中，他挺立著，激動地望著菲利斯安。

菲利斯安沒有畏縮。更加奇怪的是，他在微笑，一個充滿蔑視和自信的嘲諷、挑釁的笑容。怎麼可能？

傑羅姆在離他兩公尺遠的地方停了下來，低聲地怒吼了兩次：「逃吧……逃走吧……否則……」

對手只是聳聳肩。他的笑意更濃了，他甚至沒有擺出防禦的姿勢。

一步一步地靠近，傑羅姆強壯的身軀衝了出去，上前朝面前的人揮了一拳。

菲利斯安側身扭頭躲過了這一擊。

傑羅姆撲了個空，衝了過頭，他轉過身大聲說：「留在那裡，蘿蘭德，很快就會解決。」

一場激烈的拳擊開始了，菲利斯安將力用在腿上，在一條直線上閃躲。第一次攻擊後，傑羅姆應該已經感覺到這樣得不到他想要的結果，他衝上去將菲利斯安攔腰抱住，用盡全力縛緊，試圖利用他的重量將他摔倒。

菲利斯安遲疑了一下，他向後彎曲，腰幾乎要折斷了。接著，他任由他將他摔倒在地，順勢將傑羅姆．賀瑪也拖到地上。

那位年輕的女孩不停地掙扎叫喊著，勞爾捂住了她的嘴。

「不要出聲……沒有什麼可擔心的……如果有人拿出什麼武器，還有我在。我會馬上阻止他們。」

「這眞讓人痛苦。」她結結巴巴地說。

「不……打鬥必須得有結果……必須如此……」

她不再掙扎，兩個角鬥者在滿是灰塵的地面和草地上翻滾。菲利斯安看上去有些力不從心，很快就會有結果。但是結局完全出乎意料，菲利斯安重新站了起來，用手拍了拍衣服，而傑羅姆則躺在地上呻吟，他受傷了。

「哎喲，這仗幹得可眞漂亮。」勞爾冷笑道。

他急忙朝被打敗的人走去，俯下身確認他沒事，他只是手臂受傷了。

「兩分鐘後你就站得起來了，」他對他說，「但我建議你還是乖乖待著……不要跟這樣一個傢伙較量！」

菲利斯安慢慢地走開。他的臉上沒有任何表情，沒有任何喜悅，使人難以相信他剛剛將他痛恨的對手摔倒在地。他經過蘿蘭德的身邊沒有責怪她，也沒有說一句話……

勞爾放開了蘿蘭德，她看上去猶豫不決、十分焦慮。她看著那兩個男人。她看了看勞爾，又看了看周圍。

馬路的不遠處，有一輛汽車慢慢地駛了過來。是一輛返回朗布依埃的空計程車。她叫喚著司機，和勞爾打完招呼後上車。

傑羅姆也站了起來，道別後坐到她旁邊。計程車開走了。

菲利斯安看上去並沒有將這件事放在心上。當他準備上車時，勞爾粗魯地叫喚著他：「幹得太棒了。漂亮的柔道一擊……相當經典的一擊……運用地很好……將手臂扭住……天啊，你是在哪裡學的？你似乎精通武術！我再次向你表示讚美，因爲傑羅姆無論在身高還是體重上都佔優勢。」

菲利斯安只是毫不在意地揮了揮手並打開了車門，勞爾將他攔住。

「菲利斯安，你總是讓我感到吃驚。多麼奇怪的性格！你如此愛蘿蘭德以至於失去了理智綁架了她，而現在你卻將她留給你的對手，不再將她放在心上。」

菲利斯安喃喃道：「他們已經訂婚了。」

「但只要我們有優勢，就要戰鬥到底。」

菲利斯安轉身面向勞爾，禮貌卻簡潔地說道：「如果不是你幫助傑羅姆，我原本可以戰鬥到底的，並且有可能取勝。先生，你也是一樣，你也承認他們已經訂婚，並且在你看來我只是一個闖入者……被警察追捕的小偷。現在，只有讓事情順其自然……不管發生什麼事情……。」

這幾句話就像這三位年輕人的所有行爲，就像蘿蘭德的態度一樣令人迷惑不解。菲利斯安離開了，勞爾思考了很久，把事情重新與他所發現具有隱祕意義的那些事件連接起來，有些更加確認，有些則做了修正，另一些新的假設在他腦中成型。眞相變得更有邏輯，更確實。沒有什麼比撕開這團迷霧更令人激動！

勞爾沒有返回巴黎，而是繼續朝著西北方向開去。他感到十分愉快，時不時大笑，低聲並歡快地自言自語：「什麼！一個擅長運動的傢伙？全能型運動員？而一心在工作上的建築師的外表下，肌肉發達、精力十足、意志堅強、勇敢果斷？這個年輕人眞的非常迷人！又經過一些專門的柔道、拳擊和武術訓練，眞的變成了一位令人尊敬的先生。羅蘋，作爲你的兒子，他沒有像你想像的那麼不堪！羅蘋，你要認識到這一點。」

勞爾全速前進，生活一片光明。顯然，正是這位年輕的菲利斯安使其變成如此。

諾南庫爾……埃夫勒……利雪……八點左右，勞爾住進了卡昂的一間豪華酒店，他從汽車後備箱中拿出了時刻都準備著的行李箱，並用完晚餐。

當天晚上，他開始對加弗爾夫人的老朋友，疑似爲伊莉莎白・加弗爾父親的喬治・迪戈里凡展開調查。

那天是九月十二日禮拜日。下一個禮拜六，蘿蘭德就將與傑羅姆・賀瑪舉行婚禮。

chapter 14

藍色珠寶盒

喬治・迪戈里凡一生都過得十分寬裕。他的財產源於他參與對諾曼第的一些礦場和煉鐵廠的投資，使他能夠入股畜牧業，擁有一個種馬場和當地一支規模較小的賽馬隊。

他與僕人一起獨居在卡昂這個風景如畫的古老城鎮的一棟老公館裡。外牆上有攝政時期①的雕塑，高高的窗戶顯示出宅邸的年代與風格，這棟房子位於一條安靜、行人稀少的小路上。那天晚上，勞爾在這來回走了好幾趟。其中有三個窗戶直到深夜依然亮著燈。其中一個是門房的窗戶，另外兩個是位於二樓的窗戶，窗戶上的窗簾半掩著，應該是一間臥室。

一開始，勞爾想直接去拜訪喬治・迪戈里凡並向他說明來意。但次日上午，他得知喬治・迪戈里凡染上無藥可治的肝病，病情十分危急，幾乎不可能得到他的接見。亮燈的房間應該就是他的臥室。兩個看護日夜照顧他，門房也不能睡著，隨時準備去找醫生。

「只有夜訪豪宅了，」勞爾心想，「但從哪裡進去呢？」

宅邸很大，房子的後面是一個庭院花園，用一堵高牆圍住，再外面是一條與圍牆平行通往大門的道路。圍牆足足有五公尺高，而那條路人來人往相當熱鬧。因此，行動看起來非常困難，難以實行。

勞爾茫然不知所措地返回酒店，當他經過門廳時，他在餐廳裡頓時停了下來。撞入他眼簾的是最令人吃驚的一幕。透過玻璃，他看到菲利斯安和芙絲汀正坐在餐廳的一張桌子前共進午餐。他們熱烈地交談著。

他們兩個人在這計畫什麼勾當？因形勢而聯合在一起的兩個同謀要來這兒完成什麼任務？很可能正如他早前看到的那樣，他們之間有親密的關係？

他幾乎想要上前坐下，與他們共進午餐。他沒有這麼做，是因爲他知道自己會以何種粗暴的語氣和蹩腳的微笑與他們交談。但是，他們爲什麼在喬治・迪戈里凡周圍轉來轉去呢？

他回到房間裡，一邊匆匆用完午餐，一邊機智地詢問樓層服務生。

那對情侶是乘坐夜間的火車到達，他們要了兩個房間。旅館差不多已經住滿，那位女士住在第三層，先生則住在第五層。

上午，那位先生一個人獨自出去，女士則並沒有離開過她的房間。

勞爾從樓上下來，他們仍然在交談著，看上去像是在討論一件要事或是一起做一個最佳的決定。

在他們結束交談前，勞爾一直待在一個離旅館不遠的公園裡監視著他們。

二十分鐘後，菲利斯安獨自從旅館裡走了出來。

透過圍牆的柵欄，勞爾注意到他堅定的神情。顯然，菲利斯安清楚他要做什麼並準備一步步實行。他知道他的目標、最安全的方法以及如何最迅速地達到目的，一分鐘也不會浪費。

他朝著喬治．迪戈里凡宅邸的方向走去，他並沒有直接朝房子走去，而是取道與庭院花園平行的那條道路。

「什麼！」勞爾心想，「他不會是想在光天化日下，在所有行人和周圍的店主的眾目睽睽之下翻過圍牆吧！他口袋裡並沒有帶梯子。另外一方面，也不可能在這個時間破門而入，這樣會把事情搞得太複雜，而且會引人注目，沒意外的話應該還會被抓到警察局。」

菲利斯安似乎完全沒有考慮這些問題，完全不擔心有什麼阻礙，也沒有在幾個方法中權衡選擇。他外表光鮮，但卻不會引人注意。他沿著高牆走著，最後停在門口，手裡拿著一把鑰匙。

「好樣的！」勞爾心想，「一個設想周到的人！打開一扇關著的門最簡單最常用的辦法就是用鑰匙。這位先生只是回自己家，就這麼簡單。誰會對此有所懷疑呢？」

實際上，那位年輕人用鑰匙在鎖裡轉了兩圈，用另一把鑰匙轉了兩圈打開裡面的插銷，走了進去，消失在門口。

勞爾猜想很有可能菲利斯安會順手把門帶上，即便這樣，他還是可以把門重新打開。撬開一把沒有上雙保險的鎖，只是小意思。只需要足夠的經驗和一件鉤形的工具。他兩者都有。因此，他採用了菲利斯安剛剛用過的辦法，穿過小路，插進鉤形工具，操作著……接著，第二位先生也回到自己家，就這麼簡單。

左半邊院子上有一棟單獨的屋子，從屋子外面的窗戶無法看見裡面在做什麼。

於是勞爾無聲無息地潛了進去。先是門廳，一邊通往衣帽間，裡面掛著幾件大衣，在衣帽間的對面是迪戈里凡先生留給自己的一個單獨房間，房間裡擺著一張大辦公桌、傢俱格子和書架。房間裡到處都鋪著地毯。

在房間的一角，一個打開的壁櫥裡隱藏著一個保險箱，菲利斯安正跪在保險箱前。

他如此專注於他的工作，完全沒有留意到勞爾正小心翼翼地靠近，勞爾停在了門口，他將頭靠在門開的縫隙。

在保險箱的面前，菲利斯安敏捷地操作著。他毫不猶豫地轉動著上面的三顆按鈕，像是他已經知道了密碼，就跟擁有一把正確的鑰匙打開保險櫃一樣。

鋼製厚重保險櫃門被打開了。

櫃裡裝著許多檔案，他連看也不看這些檔案。顯然，他在尋找其他東西。

他移開上面一格中的檔案，接著又移開了中間一格的，將手伸到那些對他而言毫無價值的檔案後面。摸索了一會之後，他取出了一個相當大的藍色珠寶盒，這應該就是他在找的東西。

他依然跪在地上，微微朝窗戶側了側身以便看得更加清楚，這也使勞爾能將他的動作淨收眼底。

蓋子被拿掉了。藍色珠寶盒裡裝著六顆鑽石，那個年輕人正在一顆顆地仔細檢查，並用同樣冷靜的動作一顆顆地放入他的口袋。

正是他的這種冷靜使勞爾驚訝不已。這證明事情準備充分，資訊收集完整，行爲完美無缺，菲利斯安可以十分鎮靜地行動。他甚至沒有側耳傾聽院子和房子裡是否有聲響。他知道在這個時間裡，沒有任何人會來打擾他。

「把這個孩子培養成小偷……」卡里斯托伯爵夫人的命令。如果菲利斯安確實是她指的那個孩子，那麼她的命令已經完美地被執行了。菲利斯安在偷竊。菲利斯安在入室竊盜。他是多麼鎮定自若！沒有任何多餘的動作，冷靜、有條理、考慮周詳。亞森・羅蘋也無法做得更好。

他將鑽石全部裝入口袋，檢查了盒子是否有夾層，並確認保險箱的底格中只裝了一些文件後，他仔細地將保險櫃門關上。

勞爾不願與他碰面，他溜進了衣帽間，躲藏在掛著的衣服後面。菲利斯安毫無疑心地離開了，完全沒有懷疑他可能被監視。他穿過院子走到另外一端，出門並從外面用鑰匙將門和插銷鎖上。

勞爾走回那個大房間裡，菲利斯安已經安全離開，他現在可以放鬆並舒適地坐到扶手椅上，自在地思索著。

「把那個孩子培養成小偷。」卡里斯托的願望實現了。菲利斯安偷竊了，他在他父親的眼皮底下盜竊。多麼可怕的復仇！

「是的，多麼可怕，」勞爾心想，「他確實是我的兒子。但我能接受我的兒子是一個小偷嗎？哦，羅蘋，你得誠實地面對你自己，對吧？沒有人在聽你說話。你沒有必要演戲。那麼，在你的心底，你哪怕有一秒鐘曾相信這個騙子可能是你的兒子，但你是否寧願他死也不願看到這種最糟糕的情況？確實如此，對吧？所以你不能容忍菲利斯安偷竊。因此，菲利斯安根本不是你的兒子，這就如山澗裡的泉水一般清澈明瞭，無論是誰想要提出相反的意見，我都會反抗。親愛的菲利斯安，顯然你的行爲更加墮落了！如果你願意偷竊，那就偷吧，我根本不在乎。」

他大聲加了一句：「現在可以換個角度提出問題……」

但他並沒有提出問題，最好的辦法還是進行調查，他翻了翻辦公桌的抽屜。

乾淨俐落地撬開抽屜上的鎖，他想到另一個人在他面前行竊的情況，自嘲著至少自己並不是爲了偷竊而翻找抽屜，這種報復的厭惡感使他心緒不寧。

目前，最重要的是獲得勝利。他成功了，一項極其重要的發現補償了他。

在一個置於祕密抽屜底部的紙盒中，他發現了兩打信件，是女性的筆跡，沒有簽名，但某些細節說明了信件的來源。這些信是伊莉莎白和蘿蘭德的母親寫的，這些信件證明，儘管表面上看來並非如此，但在兩個男人決裂前，加弗爾夫人的確依然忠於她的丈夫。

值得懷疑的是那之後，書信中遮掩的暗示和更加感動的語氣表明她已經被喬治・迪戈里凡的愛情征服。因此，如果兩姐妹裡有一個是喬治・迪戈里凡的女兒的話，就只可能是蘿蘭德。但這件事沒有人知道，幾乎可以肯定，蘿蘭德並不知道自己的身世，並永遠不會知道。這也是那位母親所擔心的事情，信中一句話明確地說：「永遠不要讓她知道，我求你……」

七點左右，他走上通往主屋的四級臺階，首先呈現在他眼前的是一個寬敞的客廳，在窗簾的遮擋下光線昏暗。傢俱和鋼琴上都罩著罩子，接著便是通往主樓梯的門廳，門房可以透過小圓窗看到樓梯。

八點左右，房子裡傳來一陣慌亂。樓梯上走下來兩個人。他們去叫醫生，醫生很快就到達，接著和那兩位先生交談了幾句話後就上樓去了。

這兩位穿著相當窮酸的人在門廳裡與門房低聲交談，並在離客廳微開的門很近的座位上坐了下來，竊竊私語。勞爾聽到了幾句話。他們是迪戈里凡的表哥，他們在討論病人的病情，他應該撐不過一兩週了。他們也提到那間院子裡的工作室將被封上封條，因爲保險櫃裡鎖著的珠寶盒裡裝著價值連城的鑽石。

醫生從樓上下來。爲了送醫生出去，兩位表兄去隔壁房間取帽子，這時勞爾假裝是家裡的親友從客廳裡走出來，跟醫生握了握手，門房從房間裡給他們開了門，他們安穩地走了出去。

晚上十點，他離開卡昂，在路上碰上了一場狂風暴雨，他留在利雪過夜，直到第二天上午很晚的時候才穿過佩克橋到達聖日爾曼。他的司機在那兒等著他。

「又發生什麼事了嗎？」勞爾問。

司機迅速地坐到他身邊：「是的，主人，我還在擔心您會從另外一條路返回……」

「什麼事。」

「古索隊長今天上午來搜查了。」

「來我家？來光明別墅？他們想怎麼樣？」

「不，不是搜查您，是搜查那座小屋……」

「搜查了菲利斯安的住處？他在家嗎？」

「是的，昨天晚上回來的，員警當他面搜查了小屋。」

「他們發現了什麼？」

「我不知道。」

「他們把他帶走了嗎？」

「沒有，但是別墅被包圍了。禁止菲利斯安出門，別墅裡的人也要得到員警的允許才能出入，我在事情發生前就跑了出來。」

「他們有找我麻煩嗎？」

「有。」

「有執法文件嗎？」

「我不清楚……無論如何，古索拿著一張和您有關的警察局文件。他們在等您回來。」

「喔！你來路上攔我眞是明智之舉。沒有必要自投羅網。」

他咬牙切齒地一字一句說：「他們想要如何？逮捕我？不，不……他們不敢。可是……可是，很可能他們想要搜查……然後呢？」

一會之後，他命令道：「你回去吧。除了明天上午以外，我會去位於奈拉的處所裡，下午我會給你打電話。」

「古索和那些員警怎麼辦？」

「如果他們現在都還沒有離開，那就沒辦法了，你自己想辦法脫身。啊！順便問一句……芙絲汀呢？……」

「他們提到過她……他們應該會去醫院找她……我想，很快就會去。」

「噢！噢！這就麻煩了……逃吧。」

司機逃走了，勞爾爲了避開勒韋西內的國道，在從塞納河畔克魯瓦西繞了一圈，往北開至夏圖。

他從郵局打電話到醫院：「請找一下芙絲汀小姐。」

「您是哪位？」

他不得不說出姓名。

「達斐尼先生。」

有人把那位年輕女士叫了過來。

「是妳嗎，芙絲汀？我是達斐尼……現在……妳有危險……相信我……妳得躲起來。退掉旅館的房間，到夏圖市外的克魯瓦西街與我會合。不用著急，還有時間。」

她沒有回答。但三十分鐘後，她手裡拎著行李箱突然出現。

他們一言不發地朝布日瓦勒和瑪律邁松飛馳。到了納伊，他問道：「我要在哪裡把妳放下？」

「馬約門。」

「這個位置也太模糊了，妳仍然不信任我？」他冷笑道。

「是的。」

「愚蠢！我們所有的麻煩都是來自於你們對於所有人的不信任。有什麼用呢？妳以爲，這能阻止我昨天在同一個時間，在你們下榻的旅館裡用午餐，並目睹了菲利斯安進入迪戈里凡宅邸行竊？妳以爲這能阻止我在妳芙絲汀身邊取勝，並阻止我從妳身上得到我從未停止渴望的東西？再見，親愛的。」

勞爾躲到他在巴黎的其中一個巢穴，位於奈拉。用過午餐之後，他在房子裡睡了整整一天一夜。

翌日，他來到警察局，向預審法官魯斯蘭先生遞上名片。

那日是九月十五號禮拜三。

蘿蘭德和傑羅姆將在禮拜六舉行婚禮。

譯註：

①攝政時期是指法國於西元一七一五年到一七二三年間由維奧爾良公爵攝政時期。

chapter 15

婚禮？

儘管勞爾已經被帶進預審法官辦公室幾分鐘了，但他察覺到對於他的來訪魯斯蘭先生依然驚訝不已。達斐尼先生怎麼可能親自冒險前來。法官先生一下子回不過神來。

勞爾朝他伸出手，魯斯蘭先生窘迫地和他握了握手。

「這就是我們所說的迫不得已。」勞爾笑道。

預審法官微微一笑，勞爾打趣道：「另外，這有點像是這件意外事件的特別之處，其中一次，有人想迫使你對付菲利斯安，除此之外，又想迫使你對付我。」

「對付你？」魯斯蘭先生清楚地問道。

「當然囉！我聽說古索警官口袋裡裝著一張與我有關的執法文件。」

「那只不過是張訊問傳票而已。」

「還是太過分了，預審法官先生。你只需打電話給我：『親愛的先生。我需要你來說明一下。』那麼我就會趕來。我現在不就來了。現在，我有什麼能爲你效勞的嗎？」

魯斯蘭先生站起身，很高興地看到這個奇怪的男人三言兩語便又重新建立了他們之間的合作關係。結果魯斯蘭先生打發他的書記員去法警那兒，要求他立刻將那個他要詢問的人帶過來。接著，他用輕快的語氣回答：「你能爲我效什麼勞呢？天啊，你只要告訴我你知道的情況。」

「今天我會告訴你一部分，其他的我禮拜六或禮拜天告訴你，到那時候爲止，你得讓我隨心所欲地行動。」

「你已經隨心所欲地行動快兩個月了，達斐尼先生，這兩個月來，你操縱這些事件，你讓菲利斯安被捕，接著，你又讓湯馬斯·勒布克頂替了他……這還不夠嗎？」

「不夠，再給我三天時間。」

「這事我們等下再說。先讓我們聊聊菲利斯安·查理吧。昨天上午，我委託古索隊長傳召你，但你沒有在光明別墅，他想利用你不在的機會去菲利斯安的住處重新進行搜查，他機警地在一個藏物處發現了兩件物品，一把刀和一片薄鋸片。我們已經能夠將這把刀列入……」

「十分抱歉打斷你，預審法官先生，」勞爾說，「我不是來爲菲利斯安·查理辯護的。」

「那麼是爲誰辯護呢？」

「我是爲了我自己，你似乎對我有所指責。這些指責是以眞正的起訴爲基礎的，我想瞭解的正是這些，我沒說錯吧？」

魯斯蘭先生開玩笑說：「你總是異想天開，達斐尼先生。主導這次談話的人並不是我，而是你……總之，我能告訴你些什麼呢？」

「關於你對我的指責。」

「好吧，」魯斯蘭先生直截了當地說。「那麼就是以下這些：這件事件的所有波折、我調查的所有進展以及湯馬斯・勒布克所有的三緘其口，讓我感覺——這詞不太恰當——使我確信，雖然我無法明確地指明，但在某個範圍內，你直接參與到了這個事件。現在輪到我向你提問了，我說得沒錯吧？」

「那麼我也同樣坦誠地回答你，對，你沒有說錯。但我是在爲你做事。」

「難道不是爲了阻礙我嗎？」

「舉個例子？」

「你讓湯馬斯・勒布克被捕，並且指導了他的供詞，沒錯吧？」

「我承認這一點。」

「爲什麼這麼做？」

「我想將菲利斯安釋放出來。」

「出於什麼目的？」

「爲了瞭解他在事件中扮演的角色，這是司法不可能做到的。」

「你現在知道了嗎？」

「到禮拜六或是禮拜天我就會知道，只要你能讓我自由行動。」

「我不能讓你完全與我的判斷背道而馳。」

「你還有另外的例子嗎？」

「就在昨天。」

「什麼？」

「我們完全有理由相信那位芙絲汀小姐，是你安排進醫院當護士來照看西蒙．洛里昂，她就是那位西蒙．洛里昂的愛人。這是眞的嗎？」

「是的。」

「可是，昨天白天古索去醫院審訊她。她不見了！中午，她接到達斐尼先生的一通電話。古索跑去她居住的旅館。也沒有人！中午十二點半她坐上了一輛汽車。是你的車子吧？」

「是我的。」

這時，有人敲了敲辦公室的門，魯斯蘭先生答道：「請進。」

一個人走了進來，是一個身體強壯如大力士般的男子。

「你找我嗎，預審法官先生？」

「是的，爲了問一件事情。但先讓我爲你介紹一下：莫萊翁警探。你認識莫萊翁警官嗎，達斐尼先生？」

「只聽過名字。莫萊翁警官在國防債卷一案①中成爲大名鼎鼎的亞森・羅蘋的勁敵。」

「那你呢，莫萊翁，」魯斯蘭又問道，「你認識達斐尼先生嗎？」

莫萊翁彷彿被禁止說話般沉默不語，眼睛死死地盯著勞爾。最後，他跳了起來，結結巴巴地說道：「就是他……就是他……該死，該死的，他是……」

預審法官阻止了他，抓住他的手臂並將他拉倒一邊。他們激烈地討論了一兩分鐘，接著魯斯蘭先生邊開門邊說：「待在走廊裡，莫萊翁。叫幾位同事和你一起。無論如何，不要透露半句！一個字也不要提，嗯？」

他迅速地走回辦公室，圓圓的肚子在他的短腿上上下搖晃著，他溫和的面容抽動著。

勞爾看著他，反覆思量：「完了，我的身份被識破了。確實，儘管他表現得沒有這種慾望，但如果能把亞森・羅蘋關進監獄一定會讓他非常開心……多麼榮耀！但他會做決定嗎？一切都準備就緒。只要他決定行動並在逮捕令下面簽字，世上沒有人能阻止他……完全沒有人能！」

魯斯蘭先生猛然坐下，用他的裁紙刀擊打著桌面，並用激動異常的嘶啞嗓音說：「你拿什麼來交換？」

「交換什麼？」

「請不要繞彎子，你心中有數。」

實際上，勞爾非常明白這個交易意味著什麼，以及這樁買賣的目的，當魯斯蘭先生又重複了一遍他的問題，勞爾坦率地回復道：「我拿什麼來交換？鋸斷支撐臺階的柱子並導致了伊莉莎白·加弗爾死亡的那個或那些人的名字，以及攻擊並殺死西蒙·洛里昂的兇手。」

「這裡有筆和紙。寫下他們的名字。」

「三天後。」

「這個期限是爲什麼？」

「因爲將會發生的一起事件使我能夠決定是這個方向，或是另一個方向。」

「所以，你在兩個罪犯之間猶豫嗎？」

「是的。」

「哪兩個？我不允許你保持沉默。哪兩個？」

「罪犯可能是菲利斯安·查理……也可能是……」

「也可能是？」

「可能是傑羅姆和蘿蘭德。」

「噢！」魯斯蘭先生驚訝地歎了一口氣。「你在說什麼？是怎麼一回事？」

「禮拜六上午將要舉行的婚禮。」

「但那個婚禮與案件毫無關連……」

「並非如此。據我估計，如果菲利斯安是兇手的話，這場婚禮就不可能舉行。」

「爲什麼？」

「因爲他發瘋般地愛著蘿蘭德。他無法接受，他曾爲之犯了兩樁罪並綁架過她的女人，去屬於另外一個男人……一個他也許已經襲擊過的人……還記得那個發生慘劇的夜晚吧……而且，除了愛情以外……」

「還有什麼？」

「錢。蘿蘭德在不久的將來應該會繼承一筆她母親的表哥留給她的巨大財富。那人實際上是她親生父親，而菲利斯安也知道這一點。」

「那麼，如果菲利斯安接受這場婚姻呢？」

「如果是這樣，就是我誤會他了。那麼，兇手就是那兩個能從謀殺中得益的人，即蘿蘭德和傑羅姆。」

「芙絲汀呢？她又扮演了什麼角色？」

「我不知道，」勞爾坦承，「但芙絲汀只是爲了幫她的愛人西蒙・洛里昂復仇而活。而她周旋於菲利斯安、蘿蘭德、傑羅姆三人之間的理由，應該是她作爲女人的直覺將她指向了他們。菲利斯安、蘿蘭德、傑羅姆……不要再追問下去了！噢！我不會告訴你那些現在還不清楚的事情！不，還有一些難以解釋的事，它們會在事件接下來的發展中得到解釋。但無論如何，只有我能成功地理清情況。如果司法介入，一切就完了。」

「爲什麼？你已經爲我們指明了道路……」

「這條道路無法將你們引向任何可靠的眞相。眞相在我的腦子裡，裡面彙聚了問題的所有要素。沒有我，就像這兩個月來你們做的那樣，只會繼續跌跌撞撞。」

魯斯蘭先生開始猶豫。勞爾靠近他，並用友善的語氣說：「不用考慮太多，預審法官先生；在做某些決定前，我們得先要知道這樣做之後的後果。」

魯斯蘭先生反駁：「預審法官絕對能自己做一個決定，先生。」

「是的，但有時候在那之前，他得先報告他要做出的決定。」

「向誰報告？」

勞爾沒有回答，魯斯蘭先生顯得非常煩躁，他又重新開始斷斷續續地踱步。顯然，他不太敢獨自闖入腦中爲他指明的那條路。

最後，他朝門走去並打開了門。勞爾看到莫萊翁和他的六個同事分散在走廊裡。

魯斯蘭先生放心了，看守非常嚴密……他走了出去。

勞爾將門微微打開。莫萊翁迅速走上前來。勞爾用手朝他比劃了一個親切的動作，又立即重新關上門，讓那位警官碰了一鼻子灰。

十分鐘後，沒等到更長的時間。魯斯蘭先生去報告的人，或是職位更高的上級的意見都是不容置疑的，因爲他一反往常地沉著臉回到了辦公室。他開口道：「結論是……」

「結論是，禮拜六之前警方不許有任何行動。」勞爾笑著說。

「但是，菲利斯安仍然是嫌疑犯……」

「我來負責他，如果他試圖行動，我會將他五花大綁送過來。如果禮拜六上午十一點前我都沒有給你打電話，婚禮順利進行。這樣的話……」

「那？……」

「請你隔天上午九點半左右來光明別墅坐一坐，禮拜天是休息日，我們好好聊聊。如果你樂意共進午餐……」

魯斯蘭先生聳了聳肩，咕噥道：「我會帶古索和他的人前去。」

「隨便你。但所有這一切都毫無意義，」勞爾笑言。「我從來不會將未經精緻包裝和捆綁的貨物交出。啊！我忘記了一件事。勞駕你給我寫幾句話給古索以便他能暫時停止他在勒韋西內的一切行動。在這一整個週末，那兒必須得保持安寧。」

完全受到勞爾的支配，魯斯蘭先生拿起一張紙。

「沒必要麻煩，」勞爾說。「我斗膽寫了這封信，你只需要簽名即可……是的，就是那張紙。」

這次，魯斯蘭先生的壞心情一掃而光。他由衷地笑了。他並沒有簽名，而是選擇打電話給古索。接著，他將勞爾・達斐尼送到走廊的盡頭。勞爾經過莫萊翁和那群員警面前，優雅地微微搖晃著身軀，親切地歪了歪腦袋。

週四和週五，勞爾和菲利斯安都沒有踏出圍牆圍住的光明別墅的柵欄門一步。似乎外面發生的一切都他們無關，沒有他們的參與，甚至他們一無所知，其他人的生活也照樣繼續。

他們經常見面，但只是爲了建設和裝潢的需要。完全沒有提及昨天以及明天的事情。搜查、新的指控、員警的威脅、突然重獲行動自由、蘿蘭德和傑羅姆的婚禮……所有這一切都變得不再重要。

實際上，他幾乎沒有想這些事情。粗暴且充滿謎團的事情對他而言已經失去了所有意義。在他腦中，難題僅停留在心理層面，如果他想要完全解決這個難題，他得要瞭解這件慘劇中這三位演員他所不瞭解的那部分性格。

兩個月以來，他幾乎參與了菲利斯安的整個生活，但他依然無法猜測他隱藏的行爲，因爲他對他的思想以及本性一無所知。而蘿蘭德和傑羅姆這兩個離得更遠的人，對他而言更如同薄霧中的幽靈，哪會知道他們的眞實心理呢？

勞爾曾信誓旦旦地與魯斯蘭先生保證。因爲他在猶豫不決時總會假裝十分確定，而魯斯蘭先生受到這種確定的影響，認爲所有人都屈服於他的權威。實際上，他幾乎只能確定一件事，通過參雜許多直覺的邏輯推論，他認定傑羅姆和蘿蘭德的婚禮本身就是整個案件最後的步驟，菲利斯安、傑羅姆和蘿蘭德會在此展現出他們的眞實。

然而，直到最後一分鐘，菲利斯安都顯得無動於衷。當然，他綁架的意圖使他無法再出入鐵線蓮別墅，也讓他無法去市政府和教堂，但禮拜六上午，當市政廳舉行的簽字儀式的時刻到來，他的臉上沒有任何表情，當教堂的鐘聲敲響時，他也未表現出任何情緒波動。一切都結束了。蘿蘭德從他身邊離開了。她冠上了另一個人的姓，她的手上帶上了婚戒。

菲利斯安在掩飾嗎？他完全控制住了自己？抑制住他所有的感情？勞爾熱切地監視著他，但沒有得到任何線索。那位年輕人忙於他的工作，並繪製他的裝潢圖樣，平靜地彷彿並沒有什麼大事擾亂了他的生活。

整個下午就這樣過去了，九月陽光燦爛安寧的日子裡，幾片枯葉離開樹枝，無聲掉落。

一整天，一整個傍晚，勞爾不斷地在心裡詢問著：「你不痛苦嗎？你不知道剛才發生了什麼嗎？怎麼！你愛的那個女人即將屬於另一個人，你能接受嗎？既然如此，你又爲什麼要劫持她呢？」

黑夜降臨。天一黑下來——一個黑暗悶熱，謎一般的夜晚——勞爾就悄悄地從車庫出口離開光明別墅，在房子周圍轉了一圈，在柵欄不遠處的黑暗中站定。雜亂的思緒佔據了整個腦袋。他回想起在卡昂的喬治·迪戈里凡家，菲利斯安跪在保險櫃前，將藍色珠寶盒裡的寶石裝進口袋。他回憶起那個年輕人和傑羅姆·賀瑪之間在蘿蘭德面前決鬥，她結結巴巴地說：「他會殺了他。」他又想到芙絲汀謎一般的行爲。芙絲汀，她要幹什麼？因爲，作爲這四個人之一，她最終卻沒有在這一幕裡面出現。她是否放棄了她在黑暗中扮演的角色呢？某處的吊鐘敲響了十點的鐘聲。勞爾從僕人那得知，蘿蘭德的叔叔，菲力浦·加弗爾和他的兒子和兒媳一起從南部趕回來參加婚禮。菲利斯安應該也知道了。家庭的聚餐結束了。鐵線蓮別墅裡只剩下那對夫婦。他難道不去阻撓，不去打倒敵人，除掉擁有蘿蘭德的那個人嗎？

又過去一刻鐘，接著半小時的鐘聲響起了……

勞爾躲在林蔭的一棵樹後，聽著路上礫石的沙沙聲。傳來小心翼翼、緩慢的腳步聲。柵欄被慢慢推開，接著關上。

有人朝前走來。那正是菲利斯安的身影。

當他要經過那棵樹時，勞爾突然出現，菲利斯安還來不及看清，勞爾就撲了上去，將他推到並綁住。

戰鬥並沒有持續很久。出乎意料的進攻使菲利斯安措手不及，無法反抗。一塊布裹住他的頭，繩子牢牢地綁住了他。

勞爾抱住他，將他帶回光明別墅，用另一根繩子將他綁在門廳的柱子上，用窗簾將他裹住，使他完全不能動彈。

他離開房子，終於可以毫無拘束地行動……

他心想，「終於逮到了四個人裡的其中一個！」

譯註：

①參見亞森．羅蘋冒險系列16《神探與羅蘋》。

chapter 16 仇恨

每當勞爾計畫有一天會夜訪某棟房子，他就會提前進行長時間的準備。因此，他已經拿到了位於桔園別墅的花園右側花園的鑰匙。另外，他特別注意了在鐵線蓮別墅的側牆上，那些讓植物攀爬生長的鐵鉤位置，可以當作爬牆的樓梯。

他潛進花園，在桔園前面沿著池塘邊走著，他注意到裡面所有的燈都關了，他來到鐵線蓮別墅。餐廳和上面的房間都黑著。起居室裡卻燈火通明，但裡面並沒有人。蘿蘭德和她的丈夫應該在上面透出光亮的房間，那是那位年輕女孩的臥室配間、她的臥室、接著是樓梯井、一間大房。勞爾知道，那兒被佈置成了婚房，連接著伊莉莎白以前的臥室。

他摸索著找到了側牆上鐵鉤，輕鬆地踩踏著，一直攀爬到了拐角的房間，也就是浴室。沿著屋簷，他爬到了連接浴室和臥室配間的陽臺。配間的百葉窗關著，但並沒有完全關閉，窗戶半開著。他看到蘿蘭德坐在一張扶手椅上，背對著窗戶。她已經脫下婚紗，穿著睡衣，肩膀上披著一條平紋方巾。

傑羅姆穿著短內衣，看上去非常優雅，他在房間裡來回踱步，他們都沒有說話。

「好極了，」勞爾心想，「最終的序幕已經開始。」在他波瀾起伏的一生中，極少如此熱切，幾乎是痛苦地等待著這樣的一個場景，只要幾句的對話，就足以讓他辨清這對夫婦之間的關係，他們的內心狀態，他們的親密，甚至是他們生命中的祕密。他馬上就會知道他的推論正確與否。

相當長的一段時間之後，傑羅姆停在了蘿蘭德的身前對她說道：「妳好一點了嗎？」

「好一點了。」

「那麼，蘿蘭德……」

「怎麼了？」

「爲什麼妳剛剛不回來……回到我們的臥室？……」

「再等一下，」她喃喃道。「我得要完全平靜下來。」

他停頓了一下，坐了下來，手肘撐在膝蓋上，雙眼注視著她，說道：「太奇怪了！我們現在已經結婚了，我不明白……」

「你不明白什麼？」

「我們的婚姻……所有這一切都在一個如此不同尋常的情況下發生！在毫無意識之下，我對妳的友情變成了愛情……當我向妳告白時，我害怕妳會拒絕，這讓我驚慌不安……從那之後，我以這樣的方式愛妳，以至於我彷彿覺得我只有不停地愛著妳，那才是眞正地愛妳。」

他更小聲地加了一句：「我並不是要向妳表達我的愛意……我告訴妳這一切是因爲我不得不這麼做，某種我無法解釋的焦慮使我必須這麼做。」

他沒有得到回應，正要繼續接著講，這時，他轉過頭去，側耳細聽。

「我好像聽到了……妳的房間裡……」

「什麼！」

「有聲響……」

「不可能，僕人們都睡在房子另一側的樓上。」

「有的……有的……你聽。」

他站起身，但她衝到了他的前面，將頭探進房間，關上了門，拿著鑰匙大聲說道：「沒有人。況且，誰會在這兒呢？」

他思索了一會，說道：「你從來都不願意讓我進妳的房間……」

「是的，那是我當女孩時的臥室。」

「那又如何呢？」

她疲倦地重新坐下。他跪在她的身旁，久久地凝視著她，眼神變得非常溫柔，並在不知不覺中握住了她的手，頭一點點地朝著她光潔的手臂俯下。但當他的嘴唇就要觸碰到手臂時，她一下子站了起來：「不，不……我不許你這麼做……」

他們面對面地對峙著，互相看著對方的眼睛，傑羅姆試圖看透這個躲閃著的靈魂深處。他忍耐住了，以他最溫存、最柔軟的聲音說道：「不要緊張，我親愛的蘿蘭德。從今天上午，從那段小插曲後，妳就不太舒服。但我們之間早就約定好了，而且我也跟妳提過我母親的遺願……妳還記得嗎……我的母親並不富有，除了她的訂婚戒指，她幾乎沒有留給我什麼，她從未想過要賣掉這枚戒指：『你和你的妻子結婚後，要像你父親對我那樣對她。從教堂回來後把這枚戒指交給她，不要在那之前給她，將它戴到婚戒上面……』這樣，妳就知道這件事了……我們都說好了。可是……可是……當我幫妳戴這只戒指時……妳卻直接昏了過去……」

她清楚地說道：「只是巧合……情緒激動……以及疲勞……」

「但……妳是真心接受那只戒指的嗎？……」

她伸出手，手指上戴著婚戒和一只金爪鑲鑽的戒指。

「婚戒和戒指，」他笑著說，「……我選的婚戒，我母親選的戒指，我將它交給了妳……因此，蘿蘭德，這隻手已經屬於我……我向妳求婚時，妳將妳的手放到我的手心裡……」

「不對。」她說。

「哪裡不對？妳不是答應我的求婚了嗎？」

「沒有，你只是對我說：『我能否期待遲早有一天妳願意嫁給我？』」

「妳回答可以。」

「我同意了，但並不意味著，我將自己交給了你。」

他們面對面地站著。傑羅姆低聲說道：「這是什麼意思？……之前，妳有時候像是一個陌生人……今晚……今晚……妳變得離我更加遙遠。怎麼回事？」

他發怒了。

「嘿……嘿……妳得明白……蘿蘭德，妳的手上，妳手上戴著婚戒和我母親的戒指，把妳的手交給我吧……我有權利擁有妳……我有權利親吻妳。」

「不行。」

「爲什麼！簡直不可思議。」

「你曾經擁抱過我嗎？我允許你親吻我了嗎？允許你親吻我的嘴唇、面頰或額頭、或頭髮嗎？」

「當然沒有……當然沒有……」他說。「但妳告訴過我不能這樣做的理由。因爲伊莉莎白……爲了紀念她，她活在我們中間，出於某種羞恥心，妳不願意……妳不願意我的擁抱……我理解……

我也贊同妳……但現在……」

「有什麼不同呢？」

「畢竟，蘿蘭德，妳是我的妻子了……」

「那又如何？……」

他似乎驚呆住了，用可怕的嗓音說道：「那麼，妳想怎麼樣？……妳就是打算這樣……？」

她嚴肅地宣佈：「你以爲我會同意，在這棟房子裡……她生活過的……你愛過他的地方？……」

他大發雷霆：「那走吧，我們去妳想去的地方！但我再說一次，妳是我的妻子，妳將成爲我眞正的妻子。」

「不會。」

「爲什麼不會？」

他突然抓住她的脖子，想要親吻她的嘴唇。她出乎意料地邊用力地推開他邊大聲叫道：

「不……不……不要碰我……什麼都不要……」

他還想要強迫她，他發現她如此盡力抵抗，以至於他突然之間讓步了，張皇失措，他猜他無法征服她，他顫抖地說道：「還有其他原因對吧？如果只是因爲伊莉莎白，妳不會像現在這樣，還有其他理由。」

「還有許多其他原因……但其中最重要的一個原因會讓你明白目前的情況。」

「什麼原因？」

「我愛的是另一個人，他之所以沒有成爲我的愛人，是因爲他尊重我的決定。」

她昂著頭一字一句地吐露她的愛情，傲慢的語氣充滿蔑視和侮辱。

他笑了，臉變得扭曲。

「爲什麼妳要撒這種謊？妳要我怎麼接受，蘿蘭德……？」

「我再說一遍，傑羅姆，我愛一個男人，我愛他勝過一切。」

「住嘴！住嘴！」他大聲叫道，突然間完全失去控制，朝她揮舞著拳頭。「住嘴……我知道這是假的，妳這樣說是爲了讓我死心，出於我無法想像的原因……但妳會讓我失去理智的。蘿蘭德！」

他像瘋子一般氣急敗壞地指手畫腳，然後，他朝她走過來。

「我瞭解妳，蘿蘭德。如果那是眞的，妳就不會戴上我母親的戒指。」

她將戒指扯下，扔到遠處。

他責罵起她來：「太可怕了！妳在做什麼？那妳的婚戒呢？妳也想把它扔掉嗎？妳接受的那只婚戒？我爲妳戴上的那只婚戒？」

「我是讓另外一個人爲我戴上的，這個戒指不是屬於你的。」

「妳說謊！妳說謊！上面刻著我們兩人的名字：蘿蘭德和傑羅姆。」

「上面沒有我們的名字，」她說。「這是另一只刻著其他人名字的戒指。」

「妳在撒謊！」

「刻著其他人的名字……蘿蘭德和菲利斯安。」

他撲向她，緊緊地抓住她的手，粗暴地扯下她的婚戒，瞪大驚恐的雙眼仔細地確認。

「蘿蘭德……菲利斯安……」他虛弱地喃喃道。

他在與一個難以接受的事實搏鬥著，他拒絕相信這個事實，它讓他幾乎難以喘息，無法逃脫。

他小聲地說道：「太荒唐了……妳爲什麼要嫁給我……妳是我的妻子。沒有什麼能改變這一點……妳是我的妻子……我有權利擁有妳……這是我們的新婚之夜……我在我自己家……在我家……和我的妻子一起……」

她異常鎮定且固執回答：「這不是你家……這也不是我們的新婚之夜……你只是個陌生人，一個敵人……等話說完，你就得離開這裡。」

「我離開！你瘋了嗎？」他大聲叫道。

「你離開，將位置讓給另一個人，那個人才是這裡的主人，這裡是他家。」

「叫他來！看他敢不敢來！」傑羅姆說。

「他已經來過了，傑羅姆。伊莉莎白去世的那天晚上，他來見我……我在他懷裡哭泣……我如此悲傷，以至於我向他吐露了我對他的感情。那之後，他還來過兩次……他現在就在這裡，傑羅姆，在我的臥室裡，很快那也將成爲他的臥室……剛才你聽到的聲音就是他……他不會再離開。這個新婚之夜是屬於他的……」

他衝向臥室，試圖想要將門打開，他用力地用拳頭砸著門。

「沒必要這麼做，」蘿蘭德帶著可怕的冷靜說道。「我有鑰匙，我來打開……但在那之前，往後退，往後退十步……」

他完全沒有理會她。他不知所措了，隨之而來的是長時間的沉默。從隱藏在半開著百葉窗後的陽臺位置，勞爾．達斐尼對這幕令人震駭的悲劇，以及那位年輕女子的無情且克制的激烈行爲感到大爲吃驚，勞爾．達斐尼心想：「她如何確定菲利斯安就在這個臥室裡？他不可能在這兒，因爲我剛將他捆綁在光明別墅裡，還不到一刻鐘……」

在這樣的危機中，所有的推理都是錯誤的。一切的發生都毫無邏輯可言，勞爾心跳加速地看著極度痛苦的傑羅姆。那個年輕男人會抓住蘿蘭德，從她手中奪過鑰匙，然後殘忍地襲擊菲利斯安嗎？

但這時，蘿蘭德舉起一把小手槍對準他，重複道：「退後……退後十步……」

他退後了。蘿蘭德走上前，手裡邊拿著槍威脅他，邊將門大大打開。

菲利斯安出現了，那個勞爾將他捆綁在光明別墅的菲利斯安出現了。

他從房間走出，微笑著說：「蘿蘭德，你不需要拿武器。像他這樣穿著漂亮睡衣，根本沒法戰鬥。而且，他也並沒有想要這麼做。」

菲利斯安看上去比平時更加放鬆。勞爾發現他的表情變得更加坦率，眼睛閃閃發亮，態度和蘿蘭德一樣冷靜莊重。

「他怎麼會在這裡？」勞爾不停地思考著同一個問題。「他是怎麼逃脫的？」

菲利斯安俯下身撿起地毯上的戒指，邊將它放在梳妝檯上邊出了這句高深莫測的話：「不要將它摘下，蘿蘭德，妳知道，妳有權利擁有它。」

接著，菲利斯安對傑羅姆說：「蘿蘭德想讓我們這樣碰面，我也答應了，因爲她總是對的，而且我們三個人之間需要有個解釋。」

「我們四個人之間，」她說。「伊莉莎白和我們在一起。從她死後，伊莉莎白就沒有離開過我。我做的任何一件事都徵求過她的意見。你現在明白我想要做什麼了吧，傑羅姆？」

他面色慘白，臉龐僵硬並扭曲。

「如果妳想讓我痛苦，」他說，「妳成功了，蘿蘭德。這場我以爲能得到幸福的婚姻，只是一個可怕的陷阱。」

「是的，一個陷阱。從第一秒開始，我就猜到了眞相，這個陷阱與你布下的那個是一樣的……是致命的。你聽懂了，對吧，你聽懂了吧？……」

她向前微微俯身，依靠著意志保持冷靜，但湧起的所有仇恨卻在她身體裡沸騰。

「不，我聽不懂……」他說。

她從壁爐上抓起一張她姐姐的照片，粗暴地扔到他面前：「看著她，看著她！這位最溫柔最深情的女人……她愛你，你卻殺死了她。噢！無恥至極……」

從蘿蘭德和傑羅姆鬧矛盾時開始，勞爾就預料到會有這樣的控訴。但讓他驚訝的是，在他之前的猜測中，他從未將蘿蘭德和傑羅姆分開過，他從未想過不是蘿蘭德將傑羅姆變成兇手，儘管某些細節應該顯示了這一點。蘿蘭德完美地導演了這場戲，也使一個旁觀者迷失了方向。而從一開始就被感情蒙蔽的傑羅姆當然也上了當。

但是那位年輕人並沒有退讓。他聳了聳肩：「現在，我終於明白妳反常的原因了。爲了幫妳姐姐報仇，需要一個受害者，而我就是那個妳要指控的人。然而，我有話要說，蘿蘭德。似乎是妳和我，我們一起親眼看到妳的姐姐死在兇手的手裡，那個叫做巴特雷姆的老混蛋……妳知道，我後來用槍解決了他，不就是爲了報仇嗎？……」

蘿蘭德也照樣聳了聳肩：「不要費力氣辯白或找藉口。我所知的關於你的一切都是一點一點得來的，透過打探你的過去，透過觀察你，這一切都證據確鑿，並不需要你供認。你瞧，」她邊說邊從抽屜裡拿出一本捆住的本子，「我在伊莉莎白的日記下面記下了你所有的謊言和虛僞……在司法審判後，對於她以及對於我而言，你都是唯一的罪人。」

「啊！」他僞裝的神態使他面容扭曲，「妳想怎麼樣？……」

「首先，我要控告你。」

「然後，審判我，」他冷笑道。「我現在原來是在法官面前……」

「你在伊莉莎白面前，聽著。」

傑羅姆看著她，眼睛瞟向菲利斯安，很可能他的兩個對手都應該帶有武器，如果他試圖反抗，他們就會像打狗一般打倒他。他坐了下來，放肆地翹起雙腿，像是某個得意之徒決定聽一通無聊的說教，他歎了一口氣：「說吧。」

chapter 17

某人之死

她克制地說著，沒有表現出激動和怒氣。這並不是一次控訴，而是對這個事件的總結，她並沒有對傑羅姆．賀瑪的本性作任何多餘的評價或心理分析。

「傑羅姆，你的第一個受害者就是你母親。不用狡辯，你幾乎已經向我承認了這點。她因爲你的過失而死，周圍的人都不知道這一點，因爲她出於作爲母親對孩子的擔憂而隱瞞……僞造的簽名、空頭支票、不正當的手段……沒有人知道這些事，因爲她一直在爲你償還直至破產……直至死去。這裡，我們就講這麼多。」

「這樣當然好，」他笑著說。「但我要提醒妳如果妳的所有故事都是這樣憑空想像，那麼妳是在浪費時間。」

她繼續說道：「在那之後的幾年，你經歷了什麼事，我並不知道。你生活在外省或是國外，然而，偶然一次機會，你遇見了伊莉莎白，你又重新回到你在勒韋西內的房子裡居住，並成爲鐵線蓮別墅的常客。那時候，你便有了一個主意。」

「什麼主意？」

「與伊莉莎白結婚，但這個想法最初還沒下決心，因爲她的嫁妝還不能滿足你的期望。但在伊莉莎白不小心向你吐露了一個祕密後，這個想法就成型了。」

「眞的嗎？」

「是的，她有一天向你吐露她的嫁妝裡有一筆我們母親的表哥遺贈給她的巨大財產。」

「純屬謊言，」傑羅姆反駁道。「我從來都不知道這件事。」

「爲什麼你要說謊？我從未給你看過伊莉莎白的日記——出於某種直覺的保留——而我與其他人交流過這本日記，日記上清楚地寫著這件事。因此，得到金錢上的保證，並且得知這位表舅生病後，你變得更加殷勤，你讓伊莉莎白愛上了你，並答應你的求婚。伊莉莎白感到很幸福，至少從表面上，你也是如此。但在此期間，你到處打探消息。」

「打探什麼？」

「打聽這位表哥爲什麼會將財產遺贈給伊莉莎白的原因。因此，你將過去的事情挖了出來，你四處打聽——不要否認，有人已經告訴我了——你收集了以前的那些流言蜚語，並得知我的父親和那位表哥間有過不和、爭吵、醜聞等等，在那個時候，還有惡意的傳言聲稱伊莉莎白是喬治‧迪戈里凡的女兒。我不怕把這個名字說出來，因爲那只是一個可惡的誹謗。」

「確實是誹謗。」

「你無論如何都想要弄清眞相。你想確認喬治‧迪戈里凡的打算，然而，伊莉莎白在這點上十分謹愼，並感到痛苦，於是你就去了卡昂進行調查。一天夜裡，你潛進喬治‧迪戈里凡的房間，打開了臥室的衣櫃，看了他十年前立下的遺囑，也因此知道了伊莉莎白什麼也得不到，受遺贈人是我。從那之後，伊莉莎白就被判死刑了。」

傑羅姆搖了搖頭。

「如果妳的這個故事裡有哪怕一點是眞的，爲什麼伊莉莎白會被判死刑？我只需和她斷絕關係就足夠了。」

「如果你和她分手，我怎麼可能嫁給你呢？如果是你提出分手，你背叛她，就完全沒希望了。對你而言，繼承遺產的希望就破滅了。日子一天天地過去，那個可怕的計畫也一點點地潛入的你腦中……一個卑鄙且虛僞的計畫。謀殺是個可怕的計畫，而且十分危險！但你需要親手殺人來重獲自由嗎？不，但爲了拖延時間，你透過一些可以說狡猾、不易察覺、匿名的手段來阻礙婚禮。已經生病並且肺部狀況十分不佳的伊莉莎白只要病情嚴重復發，就會使她有生命危險，婚禮就可能無法舉行，你就能一點點地重獲自由，並且很快你就能轉而追求我，而不需要分手或謀殺。她會死去，可能是意外死亡，你並不需要對此負責。你在暗地裡謀劃著。帶著這種想法，很可能不用將計畫實行到底，依靠意外就能成功，但你依然暗中動了手腳，加速她的死亡。對伊莉莎白每天同一時間要經過的臺階支柱進行削切，讓臺階逐漸損毀。」

蘿蘭德耗盡全身力氣，她的聲音弱不可聞，她停頓了一下。

傑羅姆在她的面前，明顯地裝作若無其事，表現出他對這個他不得不忍受的故事的蔑視。

菲利斯安注視著他的一舉一動。

勞爾・達斐尼在百葉窗後渴望地看著聽著。指控極富邏輯，勿庸置疑；唯一仍停留在黑暗中的一點是：蘿蘭德並未解釋爲什麼她是喬治・迪戈里凡的受遺贈人，而不是伊莉莎白。但即便她猜到了這個原因，她也應該會假裝不知道吧？」

蘿蘭德又重新開口：「可以確定的是這樁謀殺就在你的眼皮底下發生，並且因你而起，因此你那時候看上去有點不正常。在那幾個小時裡表現出驚恐甚至絕望。但在巴特雷姆屍體旁發現那個灰色袋子讓你重新振作起來。」

「那個下午，你趁著混亂和人來人往之際成功地取得了那個袋子並將它藏在某處，很可能是藏在起居室裡。只是有人看到你撿起了它，西蒙・洛里昂在湧入鐵線蓮別墅的人群裡轉來轉去，他在外面窺伺著你，然後在晚上跟蹤並偷襲了你。你們在第二天早上我們發現他的地方打了起來，他被打傷，並因此死去。而你也受傷了，但你仍然能逃遠。這是那一天犯下的第二樁罪案。」

「那麼現在說說第三樁吧。」傑羅姆開玩笑道。

「你馬上就著手準備第三樁罪案，爲了將嫌疑引向另一個人。引向誰呢？你利用了一次巧合。菲利斯安爲了和我見面並安慰我，那天晚上乘船穿過池塘。他在我身邊待了兩個小時，但當他離開並上岸時，你看到他在小路上，認出了他。那個時間正是你從鐵線蓮別墅出去被西蒙・洛里昂跟蹤的時候。當警察問到你這點時，你是怎麼回答的？『攻擊我的人突然出現在小路上。』自此，調查的矛頭便指向了菲利斯安，他並沒有爲自己辯白。因爲他只有供認我在臥室接待了他，才能解釋他爲何會出現在池塘周圍，他否認，肯定地說他沒有離開房間，結果是他被逮捕了。因此，你面前的道路已經掃清。只是……只是……從那時起，我開始思考……

「是的，我開始思考……我不停地思考……這個念頭一刻不停地縈繞在我的腦海裡。在伊莉莎白的墓前，我將手伸向她的棺木，我向伊莉莎白發誓我會爲她報仇……我發誓我的一生再也沒有其他目的，我會爲此犧牲一切。這就是爲什麼我馬上犧牲了菲利斯安……達斐尼先生對我說：『留意妳周圍的人，……妳自己也不要因爲任何指控而退縮……』我的身邊？在我的身邊，我只看到菲利斯安和你。菲利斯安不是罪犯，菲利斯安沒有任何理由要殺伊莉莎白，我應不應該認爲是你傑羅姆？……對伊莉莎白的日記的仔細閱讀喚起了我的注意。當她前去取船和你一起進行每日的散步時，你若有所思，很不自在。你抱怨沒有心情。你在擔心未來，我的姐姐則用遺產來鼓勵你……可是，那時我的頭腦裡還沒有任何懷疑的理由……一個也沒有，我不再相信任何人，甚至是達斐尼先生，即便他發現了木頭臺階在之前就被損壞。我沒對任何人提起。西蒙・洛里昂和巴特雷姆的案件我一概不過問。當正處於康復期的你回到我身邊，你出院時，我們之間沉默以對。我沒想過要質問你，也沒有想過要懷疑你……對你沒有任何猜測，沒有任何私下盤算。直到有一天……」

蘿蘭德沉思著朝傑羅姆靠近了一點：「有一天，我們一起坐在草坪上看書。到了五點，你要走了，你拉住我的手向我告別。然而，你卻將我的手在你的手裡多握了兩三秒。這不是表達友誼的動作，也不是因爲憶及伊莉莎白而悲痛的動作。不，是包含著其他意思，一位男性在試圖表達未知的情感時表現出來的壓力。幾乎是一種表白甚至是一種呼喚。多麼魯莽啊，傑羅姆！這個動作應該等一兩年才能嘗試。但那時才過去僅僅一個月！從那天開始，我就確定了。如果罪犯是我周圍親密的人，那就只可能是伊莉莎白的未婚夫，她才去世一個月，他就轉而追求她的妹妹。整個謎團無從瞭解，但破解謎團的關鍵在你身上，在你內心的祕密裡，在你所知道那些事裡；在你想要的東西裡。我停止了思考，轉而不停地觀察你並考慮所有把我們倆以及和伊莉莎白有連繫的事件，把你當做罪犯一般看待。此外，我做了更多。爲了把你帶入陷阱並給你信心，我接受了你對我的虛情假意。你也相信我也感受到了你的愛，你最終眞的愛上了我，並從那之後喪失了清醒的頭腦。」

她壓低嗓音：「是的！你看到了，我的人生是如此可悲，事實一天一天變得確定，我一點一點地變得堅強，我知道可以替伊莉莎白報仇。但我怕極了其他人會猜到我的祕密！我將它像寶藏一般緊緊地抱在懷裡。起初我甚至拒絕菲利斯安見面的要求，直到後來我得知他想要自殺，那天夜裡我發瘋似地跑去看他，告訴了他一切。接著，芙絲汀與我也交了心，並告訴我她的仇恨和復仇計畫，我也告訴她我懷疑殺害她愛人的那個人是誰。懷疑？不，幾乎可以說確定了。芙絲汀也是這樣判斷的。我們將這些確鑿的證據隱藏起來！你生活在你害死的人家裡，在花園裡面散步，經過你毀壞的臺階前，你向我，她的妹妹獻殷勤，說著幾個禮拜前對她說過的那些話。啊！蹩腳的演員，你怎麼能這麼做？……」

再一次，處於爆發邊緣的蘿蘭德控制住了自己，她接著說：「儘管你周密地計畫著，你卻沒有預料到我們三人之間的配合。我們如此小心翼翼！因爲你嫉妒菲利斯安，你從一開始便猜測他喜歡我，菲利斯安和芙絲汀從那之後就形影不離，也麻痺了你的擔憂，但你還在繼續加害菲利斯安，通過寄匿名信——因爲是你打了這些信並將它們寄出。是你將那塊與菲利斯安相同質地的、染血的手帕扔在西蒙．洛里昂被襲地點附近的一個花園裡。但所有這一切都是我想要的確切證據嗎？終於，發生了一件事。終於，機遇站到了我這一邊。有一天，喬治．迪戈里凡前來見我，而你那時剛好去了巴黎不在這裡。」

傑羅姆全身顫抖起來，他不再試圖掩飾他的慌亂。焦慮使他的面容變得扭曲。

「是的，」她確認道。「他來見我。一開始，我拒絕這次會面，因爲我知道過去他和我父親之間有過爭吵。但出於一些重要的理由，他堅持要見我。我在這個房間裡接待了他，他告訴我他對我母親的感情是如此友善，如此恭敬。但突然間，他向我表明眞正來意。

「他對我說：『蘿蘭德，在我生病的期間，我臥室的衣櫃被人強行撬開，打開了一份寫有將一部分財產遺贈給妳的一份遺囑，並從裝著家族代代相傳的首飾、寶石、戒指和耳環的一個皮質珠寶盒裡偷走了一只與另外一只配成一對的戒指。幾天之後，我從一直保持聯繫的勒韋西內的朋友那兒收到了一封信，告訴我妳的婚訊，並告訴我關於妳的未婚夫傑羅姆・賀瑪的一些非常糟糕的消息。那麼，蘿蘭德，我覺得我應該提醒妳……』

「我還有必要告訴你更多我們談話的內容嗎，傑羅姆？我懇求他撕毀那份遺囑，因爲我沒有任何理由成爲他的繼承者，但我接受了他送給我的首飾。我們約定讓菲利斯安前去卡昂見他。喬治・迪戈里凡預料到他的病情會加重，便將所需的鑰匙交給了我，以便菲利斯安需要時候能夠進入房子，不會被看到也不會被打擾，並打開裝著那個皮質珠寶盒的保險箱。那個珠寶盒現在就在這個抽屜裡，裡面裝著與被偷的那只相似的戒指，從那之後，我便可以行動了。如果你聲稱從你母親那兒繼承而來並要在結婚當天給予我的戒指與這個珠寶盒裡面的那只是一對的話，那便是你偷來給我作結婚禮物的，你就是殺害伊莉莎白和西蒙・洛里昂的兇手。只是爲了得到這個證據，我必須得嫁給你。菲利斯安反對我這麼做，甚至採取了行動。想到我將冠上你的姓讓他難以忍受，那一天他綁架了我。但只是毫無意義的阻礙，一切還是按計畫進行。今天上午，你把那只戒指交給了我。你知道嗎，儘管我已經十分確定，儘管我的仇恨，我看到它是依然十分難過——因爲這兩只戒指完全相同，同樣的底座，同樣的鑽石——看到了證明你的罪行不容置疑的證據。你現在明白了嗎，混蛋，你明白了嗎？……」

蘿蘭德的聲音變得越來越尖銳，她因為蔑視和仇恨而全身顫抖。這位年輕女孩用盡她全部的生命來威脅和辱罵。

但這些威脅和辱罵有什麼用呢？她突然意識到傑羅姆並沒有在聽。

他的雙眼怔怔地盯著地面，似乎被指控之網縛緊，看著一切眞相大白而啞口無言，他自己也丟掉僞裝，不再爲自己辯白。

他抬起頭，喃喃道：「然後呢？」

「然後？」

「是的，妳的目的？妳要指控我，好吧，但妳打算告發我嗎？」

「是的，信已經寫好了。」

「寄出去了嗎？」

「還沒有。」

「什麼時候寄？」

「今天下午。」

「今天下午？是爲了給我時間逃到國外吧！」他痛苦地說。

一會之後，他提出異議：「爲什麼告發我？將我從妳生命中趕走還不足以報復嗎？如果只是爲了讓我更加絕望，有必要讓我愛上妳嗎？」

「那菲利斯安呢，他不也被懷疑，被追捕嗎？他是清白的，如果不告發眞正的兇手要怎麼救他？而且，我想要一個保證……我想保證你不會再回來……一切都已經結束……因爲信將會寄到警察局。」

她遲疑了一下，重新說道：「信會寄出……除非……」

「除非什麼……？」傑羅姆問道。

「除非你在這張桌上寫下些什麼，」蘿蘭德宣佈道。「坐下，寫下你是唯一的兇手，殺害伊莉莎白、西蒙・洛里昂以及誣告菲利斯安的兇手……簽上名字。」

他考慮了很久，他臉上的痛苦和無止境的煎熬已經消失了。他低語道：「反抗有什麼用呢？我是如此厭倦一切！你說得對，蘿蘭德。我怎麼能演這樣的一場戲呢？無論如何，我幾乎已經說服自己相信伊莉莎白不是因爲我的過失而死，我攻擊西蒙・洛里昂是出於自衛。我是多麼卑鄙！但妳要明白，我越是愛妳就越害怕我做的那些事情……妳不會知道……我一點點地在改變……妳可能會拯救我……不提了……這一切都過去了……」

他在桌邊坐下，拿起筆動手寫。

蘿蘭德在他頭部上方看著。

他簽下名字：「這樣可以了嗎？」

「可以。」

他站起身，一切都如蘿蘭德期望得那樣都結束了。他看著他們，一個接著一個。他在等待什麼？道別？或是道歉？

蘿蘭德和菲利斯安一動不動地站在原地，一言未發。

最後一刻，他突然發怒作出詛咒的姿勢。但他控制住並離開了。

他們聽見他走回他的臥室——那間婚房。很可能是爲了拿些物品。幾分鐘後，他從樓梯上下來，打開門廳的大門，又悄無聲息地關上。他離開了……

這對年輕人獨自相處時，他們手牽手，眼睛變得濕潤。

菲利斯安親吻了蘿蘭德的額頭，就像在親吻他最爲尊重的未婚妻。

她微笑著說：「這是我們的新婚之夜，對吧，菲利斯安？我們將它作爲我們的新婚之夜，你先回家吧，我留在這棟房子裡。」

「我有兩個條件，蘿蘭德。首先，爲了確保他不再回來，讓我在妳身邊待一兩個小時。」

「另外一個條件呢？」

「訂婚的夫婦有權利親吻額頭以外的地方至少一次……」

她臉紅了，看向她臥室的方向，非常害羞地說：「好吧，但不是在這兒……在樓下，去我第一次用樂曲向你表達愛意的書房。」

她把傑羅姆簽字的紙放進珠寶盒，他們走下了樓。

幾乎同時，勞爾潛進房間，從珠寶盒內取出那張紙裝進口袋。

接著，他回到陽臺，到達側牆的簷口，從花園的出口走了出去。

凌晨三點，菲利斯安回到了小屋。勞爾邊等他邊在扶手椅裡睡著了，他向他伸出手：「我請求你的原諒，菲利斯安。」

「原諒什麼，先生？」菲利斯安問道。

「原諒我剛剛偷襲並綁住了你。我想要阻止你做蠢事。」

「什麼蠢事，先生？」

「因爲昨天晚上是新婚之夜……」

菲利斯安笑了起來。

「我一直懷疑是你，先生，無論如何，我們扯平了，我也要請求你的原諒。」

「什麼？」

「我逃走了……」

「自己一個人？」

「不是。」

「誰幫助你的？」

「芙絲汀。」

「我也懷疑是這樣，」勞爾不開心地說。「這麼說，芙絲汀昨天晚上就在附近打轉……但願她沒被警察逮到……」

他結束了談話：「好吧，這個晚點再說……我請你第一時間給蘿蘭德・加弗爾打個電話使她放心，如果她在找傑羅姆簽字的那張紙。今天上午九點半，預審法官會來見我，為了避免讓你們，你和蘿蘭德，遇到新的麻煩，我覺得有必要拿走珠寶盒裡的那張字條。」

「怎麼會！」菲利斯安狼狽地大聲說道。「你不可能會……」

「那麼，她沒有什麼好害怕的了，」勞爾邊離開邊說，「請你轉告她，我今天下午就會去看望她。到時候你也會在那兒的，對吧，菲利斯安？」

chapter 18

芙萊妮

魯斯蘭先生準時赴約。九點半，勞爾吃完早飯，來到他面前的不是預審法官，而是一位拿著釣竿的釣魚者，正如他所說，他要去克魯瓦西河邊釣魚，頭上戴著一個破舊的鐘形草帽，穿著黃色粗布褲子，腳上穿著草底帆布鞋……

「預審法官先生，你看上去眞不錯！」勞爾大聲說，「今天眞是美妙的一天，可以暫時忘記我們那件惱人的案件。」

「你眞的這麼認爲？」

「當然嘍！我是這麼想的。」

「但是，你找我來就是爲了告訴我案件結局，昨天晚上應該就發生了吧。」

「結局已經發生了。」

「但我並沒有見到什麼結果，你堅持讓我給你行動自由來完成它。」

「明天……不行嗎？」

「明天太晚了。」

勞爾注視著他。

「有什麼新情況嗎，預審法官先生？」

魯斯蘭先生笑了。

「是的，達斐尼先生，是的，有新情況，與我們的約定不同，反而是我先通知你這個消息。」

魯斯蘭先生強調道，「一個半小時前，夏圖警察局打電話給巴黎警察局報告說傑羅姆・賀瑪的傭人剛剛發現他死在了他在勒韋西內房子的門廳裡。他被擊中心臟而亡，他剛回到家，房子的門還開著。古索隊長已經在現場。我下火車的時候聽說了這件事。」

勞爾並沒有表示反對，他說：「這個結果十分正常，預審法官先生，兇手對自己進行了審判。」

「可惜，根據初步調查，傑羅姆・賀瑪沒有留下任何一封遺書，讓人相信他是兇手。自殺並不是認罪。我們對傑羅姆・賀瑪，這個剛結婚的年輕人卻離開了他們夫婦的住所回到自己家自殺這點感到非常吃驚。」

「這個行爲完全是由於他已經在蘿蘭德・加弗爾、菲利斯安・查理以及我面前認罪了。」

「他應該是口頭招認？」

「是書面供詞。」

「在你手上嗎？」

「就是這個。」

勞爾將傑羅姆簽了字的那張紙遞給預審法官。

「這樣，」魯斯蘭先生顯然非常滿意，大聲地說道，「我相信問題已經基本解決了。爲了使它能夠完全解決，使案件不遺留任何疑點，你還得向我做些說明，達斐尼先生……也許需要你的某些證詞。」

「我非常樂意，」勞爾愉快地說。「我有幸對誰說呢？是向代表公正的預審法官魯斯蘭先生，還是向那位爲人正直寬容且通情理，內心細膩且極具人情味，拿著釣竿的釣客魯斯蘭先生？對於前者，我必須有所保留。而對於後者，我將會開誠布公，我們會一起商量決定哪些可以公佈，哪些應該或多或少地留在黑暗中。」

「舉個例子，達斐尼先生？」

「這就是一個例子。菲利斯安・查理和蘿蘭德・加弗爾相愛。兩個月前，在慘劇發生的那個晚上，菲利斯安之所以去取那艘小船是爲了去見蘿蘭德。而且，他之所以任憑別人指控，是爲了不牽連她。難道這個祕密不應該讓它留在黑暗中嗎？」

富有同情心的魯斯蘭先生的眼角馬上就湧起一滴淚珠，叫喊道：「在你面前的是一位垂釣的釣客，達斐尼先生。你可以完全開誠布公，巴黎警察局告訴我，你在我們身邊可以充當一個偶然得到的一個合作者，你將爲我們提供很大的服務。儘管你的過去……」

「一個有些沉重的過去，對吧？」

「是這樣，儘管你觸犯了嚴格的法律規則，但你在那還是個受歡迎的人。請你說吧，達斐尼先生！」

魯斯蘭先生的心臟因爲好奇而急速跳動。而勞爾給這個好奇心提供了如此多的事物，以至於魯斯蘭先生完全忘記要去釣魚，並且接受了在光明別墅共進午餐的提議，一直待到下午三點，他一直在聽勞爾・達斐尼的故事，其中當然摻雜了亞森・羅蘋的一些隱祕故事。

離開的時候，他用因爲激動而微微顫抖的嗓音說：「因爲你，達斐尼先生，我度過了有生以來最激動人心的一個下午。現在，我已經透徹地瞭解了這個案件的各個方面，而且我同意你的意見，只能謹慎地並小心鑑別這起案件可以透露的內容。這是一個美麗的愛情故事，儘管這些罪行和物質利益的動機使之複雜化。但無論如何，這都是一個仇恨和復仇的美麗故事！見鬼！我們美麗的蘿蘭德竟然能一直堅持到任務結束！多麼大的能量！多麼激烈的情感！」

「你沒什麼要問我的了嗎，預審法官先生？」

「還有，還有兩點想要瞭解一下……更準確地說是三點。當然，純屬好奇。」

「你說。」

「第一點，你對菲利斯安有什麼目的？首先，你相信他是你的兒子嗎？」

「我不清楚，而且我永遠也不會知道。但即使他是我兒子，我也會一視同仁對待他。我什麼都不會告訴他。最好還是讓他以爲他是一個被遺棄的孩子，而不讓他知道他是……你所知道的那個人的兒子。你同意嗎？」

「當然，」魯斯蘭先生被深深感動。「第二點，芙絲汀怎麼樣了？」

「還是個謎，但我會找到她。」

「那麼，你堅持會把她找出來？」

「是的。」

「爲什麼？」

「因爲她太漂亮了，我忘不了那座芙萊妮雕塑。」

魯斯蘭先生欠了欠身，作爲男人，這樣的情感和渴望於他並不陌生。他問出了最後一個問題，「第三點，你有沒有注意到，達斐尼先生，在這一連串事件中，你從來沒有提及那個灰色袋子以及裡面裝的錢？這筆財富不會沒有人得到吧！」

「這也是我的想法，一定有人得到了它。」

「誰？」

「我確實不知道，但我猜測某個比其他人更聰明的人將會去西蒙・洛里昂和攻擊他的人打鬥的某個地方搜尋。這兩個決鬥者都打傷了對方，袋子有可能從草地滾到了水溝。」

「一個比其他人聰明的人，」魯斯蘭先生重複著勞爾的話。「我不知道誰會這麼聰明……」

「一定有……一定有……」達斐尼先生喃喃道，他從桌子上拿起一根菸，邊抽邊開始沉思……

實際上，魯斯蘭先生問這些問題時並沒有私下的盤算。但從勞爾的態度，他一下子明白了一切。毋庸置疑，這個與他交談的人心安理得地容許自己取得菲力浦・加弗爾那筆不義之財，那筆掉進水溝的錢……

「有趣的傢伙！」魯斯蘭先生彷彿看著勞爾這麼說道，「非常高尚正直，但除此以外，本質上始終是一個小偷。他一生都在拯救別人，並且不錯過任何一個機會來竊取他們的錢包！我在離開之前是不是應該和他握個手呢？」

勞爾似乎回答了他這個疑問。他笑著說：「在我看來，預審法官先生，應該原諒做這件事的人。這也許是一個非常誠實的人，他也許從未想過要去剝奪他人的財富，但對菲力浦・加弗爾這樣糟糕的納稅人，他卻可以毫無顧忌地行動。」

他依然非常高興地補充道：「無論出於什麼原因，預審法官先生，我想這應該是我最後一次冒險了……是的，我需要呼吸新鮮空氣，我對更高貴的任務感興趣。我爲其他人做了那麼多事情後，我很想爲自己多想想。但是，我沒有任何隱退的想法……但仍然……你瞧……你知道嗎，我渴望在我消失後，人們談到我的時候會說：『無論如何，他都是一個正直的人……也許是一個糟糕的國民，但是，是一個正直的人……』」

魯斯蘭先生和他握手道別。

「我是來向你們道別的，蘿蘭德小姐，以及你菲利斯安。是的，我要出發去……環遊世界或是做類似這樣的事情……我在世界各地都有朋友並且他們也需要我……此外，我還要向妳道歉，蘿蘭德，並感謝妳的寬容，沒有對我作出任何指責……是的，是的，我必須承認我犯了一點錯誤。從妳的首飾盒裡偷走那張我需要拿給預審法官的供詞做得不妥……而且，要是我只做了這一件錯事還情有可原！但並不是這樣，蘿蘭德，我差不多從頭到尾觀看了你們那晚新婚之夜……怎麼可能？當然囉，我在最佳的位置，在陽臺的窗戶處，我全部看到而且聽到了。此外，菲利斯安，你在卡昂盜竊那個保險櫃時，我也在喬治·迪戈里凡的工作間裡。以及知道其他或多或少需要保密……或不需要保密的事情。

「只是，你們看，我的朋友們，所有這一切都是你們的錯。妳還記得嗎，蘿蘭德，最初，妳問我的意見，我以爲我們會攜手同行。但妳突然間便保持沉默了……妳轉過頭去背棄了那位爲你獻身的朋友……再見，勞爾，各走各的！那你呢，菲利斯安，我如此地懇請你的信任！結果呢，這位先生即便被指認划船穿過池塘後，也不願意向我坦白：『好啦，其實我是划去見我心愛的女人』，而是選擇被關進監獄。

「結果，發生了什麼？我們分成兩個陣營，各自爲陣，因而常常事倍功半。是的，我們常常對對方三緘其口。時而，我與魯斯蘭先生同心協力合作。時而，與他作對，說到底，因爲完全相信菲利斯安是無辜的，我便認爲蘿蘭德和傑羅姆是共犯。當然，蘿蘭德，我無法想像妳的所有行爲都是建立在仇恨的基礎上！」

「哦，蘿蘭德，」勞爾坐在她身邊輕輕地拉起她的手，「哦，妳認爲將事情一直推至結婚，這樣做很聰明嗎？妳不要忘了，妳現在已經結婚，妳冠上了傑羅姆．賀瑪的姓，你現在是賀瑪夫人，爲了贏得妳眞正的新婚之夜，付出的是荒唐的努力和毫無意義的煩惱。

「但如果，如果妳曾經賜予我妳的友誼，我就不會任由妳做這些蠢事。妳有十幾種方法達到同樣的目的，而不用到市長先生面前結婚。舉例來說，誰讓妳不跟妳心愛的人說：『我親愛的菲利斯安，你能划向我的窗下，翻進我的陽臺，那麼請你潛入那位傑羅姆先生的家並偷出他盜來的那枚戒指。那麼，我們就能比較這兩枚戒指是否相同？』這不就好了，況且，蘿蘭德，況且妳的願望完全不是要將傑羅姆送到警察局罪證確鑿處決他，只是想使他啞口無言並將他交由魔鬼處置。來吧，坦白承認如果妳將這件事交付給勞爾．達斐尼的話，妳會比現在更好。」

她正要回答，她的微笑說明了她的答案，但他並沒有讓她說出口。

「我來並不是爲了讓妳承認，而是爲了表達我的看法，爲了給妳帶來一個解決辦法，並爲了祝賀妳。是的，蘿蘭德，我祝賀妳嫁給菲利斯安。之前我誤會他並且認爲他做了一打壞事。他眞正捍衛的是愛情。這是一位勇敢、頑強的小夥子，我想給予他我的友誼，但他卻不想讓我管他的事，可是這也是爲他好。他一定會給妳幸福，給妳應得的幸福。

「現在，我要送給你們結婚禮物，這是我的特別贈與，而且你們應該得到它。光明別墅的工程即將結束。但我有其他工程要交給你，菲利斯安……我擁有一棟位於尼斯最高處帶有一片橄欖林的建築，你可以按照自己的喜好爲我建一些漂亮的建築。那麼，十五天後，在你們見過魯斯蘭先生，並且案件了結後，你們倆就可以一起去尼斯定居，遠離這裡，你們需要時間來平復。我可以擁抱一下妳嗎，蘿蘭德？」

他自己都感到驚訝地深情擁抱了那位年輕女孩，接著，他擁抱了菲利斯安，他向他伸出雙手，凝視他的眼睛幾秒。

「我也許會有其他事情要告訴你，菲利斯安。但我們之後再看看吧，如果上天厚待我……上天將會厚待我的，因爲那是我應得的。」

他再一次擁抱了他，留下驚訝並十分感動的兩個人獨自離開。

勞爾旅行了一年多。他與那兩位年輕人保持著頻繁的通信。菲利斯安寄給他設計圖，並徵求他的意見，慢慢地習慣更加放鬆，更加自信地和他通信。但勞爾認爲他們之間也許永遠也不可能有更加親密的關係。

「他也許是克蕾兒·德迪葛和我的兒子。但我有非常堅持要知道這一點嗎？即使事情很確定，我就可能擁有作父親的心情嗎？」

不過，他很開心。卡里斯托復仇了，但她的復仇計畫拉得太長了，勞爾時不時會嘲笑她幾句。

「妳的行動失敗了，約瑟芬·巴爾薩摩。不僅僅這個孩子──如果他是菲利斯安──既沒有成爲小偷也沒有成爲罪犯，而且他和我之間關係還非常融洽。妳搞砸了這次行動，約瑟芬。」

正如他預料的那樣，鐵線蓮別墅和桔園的事件已經了結。不幸的湯馬斯·勒布克十分倒楣。原本找到眞正的兇手後，他就應該從監獄裡被放出。不幸的是，從另一方面進行的調查對他提出了嚴重的指控，他被直接送進了苦勞犯監獄，即使患上了嚴重的流感也沒能使他擺脫這些煩惱。

十五個月後，勞爾回到法國，定居在藍色海岸的神奇領地。他在那裡開墾了一片寬闊的花田。一日，在蒙特卡羅的賭場裡，他注意到一位極其優雅的女士，她被一群被她的美貌吸引的仰慕著重重包圍。勞爾成功地走到她的身後，低聲叫喚：「芙絲汀……」

她突然轉過身。

「啊！是你。」她微笑著說。

「是的，是我……我焦急地四處找妳！」

他們走出賭場，在美妙的風景裡散步。勞爾向她講述了最近發生的一些事並問她那天傍晚他看到她坐在椅子上，將菲利斯安抱在懷裡。

「我沒有將他抱在懷裡，是他靠在我的肩膀上哭泣。」她說。

「他哭了？」

「是的。不管怎麼樣，他嫉妒傑羅姆・賀瑪並且憎恨這樁婚姻。他因爲痛苦而虛弱不堪，因此，那天晚上我同情地安慰他。」

接著，勞爾告訴她她所不知道的結婚那晚的細節。但他突然間轉身面向她，問道：「是妳對吧，芙絲汀？……」

「什麼是我？」

「是的，妳確信傑羅姆是兇手，妳知道蘿蘭德可能會趕他走，妳預料到他害怕被告發，所以在逃走之前可能會先回到住處？」

「然後呢？」

「然後，妳躲在他的門後等他，當他打開門，妳就開槍了……就是這樣，對吧？因爲說到底，傑羅姆不是那種會自殺的人……」

她並沒有回答，而是用手指指向那條模糊的地平線……

「我的家鄉，在那裡……科西嘉……在那兒，曾有人預言，在科西嘉，被傷害的人只有靠復仇才能獲得幸福。」

「那妳現在幸福嗎，芙絲汀？」

「非常幸福。因爲過去和它的結局而感到幸福。因爲現在而感到幸福。一位義大利貴族向我獻上了他的心，並送給我一座熱那亞的玫瑰色大理石宮殿。」

「那麼，妳結婚了嗎？」

「是的。」

「妳愛他嗎？」

「他七十五歲了。那你呢，勞爾，你過得幸福嗎？」

「如果沒有缺少某件東西的話，我也會幸福的。」

「那是什麼？」

他們的視線交融在一起，她臉紅了。他低語道：「我從未忘記過……我渴望得到的東西。」

「那件東西，也許並不值得得到。」她說。

他從頭到腳地注視著她。

「我從未忘記過。」他重複了一遍。

一會之後，她放肆地回答道，「證明給我看。」

「證明給妳看？」

「是的，證明你一直沒有忘記並且遺憾之前沒有做到。」

「不僅僅是遺憾而已，芙絲汀。」

「向我證明。」

「妳能撥一天的時間給我嗎？明天這個時侯，我會把妳送回到這裡。」

她跟他上了車。他們出發了，一個小時裡，他載著她向尼斯的制高點駛去，直到阿斯普勒蒙村莊附近。

車門被打開。她看到別墅兩根門柱上的名字：「芙絲汀別墅。」

她非常感動，但只是低語道：「這只能證明回憶，而不能證明遺憾。」

「這是希望的證明，」他說，「……希望遲早有一天我會在這棟別墅裡見到妳。」

她點了點頭。

「像你這樣的男人，勞爾，你的好應該遠遠多於將我的名字寫在兩根柱子上。」

「我會做得更好，絕對會更好，妳不會失望。但芙絲汀，在此之前，還有一句話要問妳。爲什麼從一開始妳就對我如此仇視？那不僅僅是不信任，而且還有怨恨和憤怒。請坦率地回答我。」

她又一次臉紅了，吞吞吐吐地說：「確實，勞爾，我討厭你。」

「爲什麼？」

「因爲我怕自己會不能討厭你。」

他熱情地抓住她的手。

他們沿著道路步行著登上一個個平臺，透過林冠空隙欣賞著阿爾卑斯陡峭的山脈和皚皚的積雪。

他們一直到達最高處，最高的平臺由兩根綠廊的杜廊圍繞著。在平臺的中央，矗立著光芒四射、栩栩如生的女神：芙萊妮雕像。

「噢！」芙絲汀激動地喃喃道。「是我！……是我！……」

芙絲汀在那個以她爲名的別墅裡，度過了十二個禮拜。

與讀者們隔空對話，共用推理之趣

譯者　施程輝

前幾日，收到剛出版的《碧眼少女》，愛不釋手地反覆閱讀，爾後小心翼翼地收入書架，內心歡喜雀躍。《魔女的復仇》是我翻譯的第二本亞森・羅蘋系列小說，也是莫里斯・盧布朗辭世前的倒數第二部作品，從本書翻譯初始，便感覺到其與《碧眼少女》些許微妙的差別，如果說前者是一場華麗浪漫的冒險，後者則趨於平靜緩和，絲絲入扣，待回過神時早已深陷故事的迷霧中。我無從揣測作者寫這部作品時的心境，只是覺察了字裡行間彌漫著的淡淡退隱之意，並同時震撼於其愈發精妙的構思和佈局。

此時，年屆五十的亞森・羅蘋已萌生退隱之心，卻不知不覺地被捲入一場有預謀的復仇，一個埋藏了二十多年的身世謎團，一段令人不堪回首的恐怖記憶，一場因復仇而展開的死亡之旅。死者求救的呼號劃破了勒韋西內寧靜的晴空，一幕慘劇拉開了愛與背叛、貪婪與欲望糾纏的序幕，第二幕慘劇接踵而來，命運的輪盤開始旋轉，而舞臺上的主角或是隱入黑暗，伺機而動，或是被揭去僞裝，無所遁形。兩件慘劇互相交纏到底是註定，抑或只是偶然。黑暗中，愛與欲望伸出冰冷的雙手將人們扯入罪惡的深淵，無從救贖，也許死亡才是仇恨最終的歸途，慘劇落幕，當九月清晨的第一縷陽光升起，罪惡沉入黑暗，活著的人們也將寧靜安然地生活下去。

譯完時，終於放下心中的大石，但縈繞心間似有似無的某種思緒卻並未撤離，我欲向在寫完本書六年後離世的盧布朗致敬，在翻譯的日夜裡常常會與這位創作了眾多膾炙人口作品的偉大作家擦碰出靈感的火花。他會永遠閃耀在法蘭西文學的天空中，與他的讀者們隔空對話，共用推理之趣。

（全書譯文計90470字）

國家圖書館出版品預行編目資料

魔女的復仇／莫里斯．盧布朗（Maurice Leblanc）著；
施程輝譯 .——初版——臺中市：好讀，2012.06
面； 公分，——（典藏經典；53）

譯自：La Cagliostro se venge
ISBN 978-986-178-231-7（平裝）

876.57 101000737

好讀出版

典藏經典 53

魔女的復仇

作　　者／莫里斯．盧布朗 Maurice Leblanc
譯　　者／施程輝
總 編 輯／鄧茵茵
文字編輯／莊銘桓
美術編輯／許志忠
行銷企畫／劉恩綺
發 行 所／好讀出版有限公司
407 台中市西屯區工業 30 路 1 號
407 台中市西屯區大有街 13 號（編輯部）
TEL: 04-23157795 FAX: 04-23144188 http://howdo.morningstar.com.tw
(如對本書編輯或內容有意見，請來電或上網告訴我們)
法律顧問／陳思成律師

總 經 銷／知己圖書股份有限公司
106 台北市大安區辛亥路一段 30 號 9 樓
TEL: 02-23672044 / 23672047 FAX: 02-23635741
407 台中市西屯區工業 30 路 1 號 1 樓
TEL: 04-23595819 FAX: 04-23595493
E-mail:service@morningstar.com.tw
網路書店：http://www.morningstar.com.tw
讀者專線：04-23595819#230
郵政劃撥：15060393（知己圖書股份有限公司）

印　　刷／上好印刷股份有限公司
初　　版／西元 2012 年 6 月 15 日
初版二刷／西元 2018 年 5 月 24 日
定　　價／ 250 元
如有破損或裝訂錯誤，請寄回台中市 407 工業區 30 路 1 號更換（好讀倉儲部收）

Published by How Do Publishing Co., Ltd.
2018 Printed in Taiwan

ISBN 978-986-178-231-7

讀者回函

只要寄回本回函，就能不定時收到晨星出版集團最新電子報及相關優惠活動訊息，並有機會參加抽獎，獲得贈書。因此有電子信箱的讀者，千萬別吝於寫上你的信箱地址

書名：魔女的復仇

姓名：＿＿＿＿＿＿＿ 性別：□男 □女 生日：＿＿年＿＿月＿＿日

教育程度：＿＿＿＿＿＿＿＿＿＿＿＿

職業：□學生 □教師 □一般職員 □企業主管

□家庭主婦 □自由業 □醫護 □軍警 □其他＿＿＿＿＿＿＿＿＿＿

電子郵件信箱（e-mail）：＿＿＿＿＿＿＿＿＿＿＿ 電話：＿＿＿＿＿＿＿＿

聯絡地址：□□□＿＿＿＿＿＿＿＿＿＿＿＿＿＿＿＿＿＿＿＿＿＿＿

你怎麼發現這本書的？

□書店 □網路書店（哪一個？）＿＿＿＿＿＿＿＿ □朋友推薦 □學校選書

□報章雜誌報導 □其他＿＿＿＿＿＿＿＿＿＿＿＿＿＿＿＿＿＿＿＿

買這本書的原因是：＿＿＿＿＿＿＿＿＿＿＿＿＿＿＿＿＿＿＿＿＿＿

□內容題材深得我心 □價格便宜 □封面與內頁設計很優 □其他＿＿＿＿＿

你對這本書還有其他意見嗎？請通通告訴我們：

＿＿＿＿＿＿＿＿＿＿＿＿＿＿＿＿＿＿＿＿＿＿＿＿＿＿＿＿＿＿＿＿

你買過幾本好讀的書？（不包括現在這一本）

□沒買過 □1～5本 □6～10本 □11～20本 □太多了

你希望能如何得到更多好讀的出版訊息？

□常寄電子報 □網站常常更新 □常在報章雜誌上看到好讀新書消息

□我有更棒的想法＿＿＿＿＿＿＿＿＿＿＿＿＿＿＿＿＿＿＿＿＿＿＿

最後請推薦五個閱讀同好的姓名與E-mail，讓他們也能收到好讀的近期書訊：

1.＿＿＿＿＿＿＿＿＿＿＿＿＿＿＿＿＿＿＿＿＿＿＿＿＿＿＿＿＿＿

2.＿＿＿＿＿＿＿＿＿＿＿＿＿＿＿＿＿＿＿＿＿＿＿＿＿＿＿＿＿＿

3.＿＿＿＿＿＿＿＿＿＿＿＿＿＿＿＿＿＿＿＿＿＿＿＿＿＿＿＿＿＿

4.＿＿＿＿＿＿＿＿＿＿＿＿＿＿＿＿＿＿＿＿＿＿＿＿＿＿＿＿＿＿

5.＿＿＿＿＿＿＿＿＿＿＿＿＿＿＿＿＿＿＿＿＿＿＿＿＿＿＿＿＿＿

我們確實接收到你對好讀的心意了，再次感謝你抽空填寫這份回函

請有空時上網或來信與我們交換意見，好讀出版有限公司編輯部同仁感謝你！

好讀的部落格：http://howdo.morningstar.com.tw/

請填妥後對折黏貼，直接投郵即可，無須貼郵票。

廣告回函
台灣中區郵政管理局
登記證第3877號
免貼郵票

好讀出版有限公司　編輯部收

407 台中市西屯區何厝里大有街13號

電話：04-23157795-6　傳眞：04-23144188

沿虛線對折

購買好讀出版書籍的方法：

一、先請你上晨星網路書店http://www.morningstar.com.tw檢索書目或直接在網上購買

二、以郵政劃撥購書：帳號15060393 戶名：知己圖書股份有限公司並在通信欄中註明你想買的書名與數量

三、大量訂購者可直接以客服專線洽詢，有專人爲您服務：客服專線：04-23595819轉230 傳眞：04-23597123

四、客服信箱：service@morningstar.com.tw